朝思集

赵心田 著

黑龙江人民出版社

图书在版编目（CIP）数据

朝思集 / 赵心田著 . -- 哈尔滨：黑龙江人民出版社，2018.9（2021.3重印）
ISBN 978-7-207-11508-9

Ⅰ. ①朝… Ⅱ. ①赵… Ⅲ. ①诗集—中国—当代 Ⅳ. ① I227

中国版本图书馆 CIP 数据核字 (2018) 第 216523 号

责任编辑：刘恺汐
封面设计：陈继慧

朝思集

赵心田 著

出版发行 黑龙江人民出版社
地　　址 哈尔滨市南岗区宣庆小区 1 号楼
邮　　编 150008
网　　址 www.longpress.com
电子邮箱 hljrmcbs@yeah.net
印　　刷 三河市华东印刷有限公司
开　　本 787×1092　1/16
印　　张 16.25
字　　数 200千字
版　　次 2018 年 9 月第 1 版　2021年3月第2次印刷
书　　号 978-7-207-11508-9
定　　价 58.00元

版权所有　侵权必究　　　　　举报电话：(0451) 82308054
法律顾问 北京市大成律师事务所哈尔滨分所律师赵学利、赵景波

1941年出生于吉林省临江市，父母早亡，由外祖母和伯父抚养成人。曾任天增公社小学指导员，文化馆长，中学校长。

1973年在黑山林场工作，担任林政、政工工作。

1982年在龙泉林场工作，任林场厂长、总支部书记。

1984年在巴彦县地震局工作，任地震局局长、科委副主任。

2015年7月7日和家人聚会后，于半夜突发急病，经抢救无效，与世长辞，享年75岁。

退休后开始学习格律诗词，十几年来作品散见于《苏城诗萃》《北方文学》《长白山诗词》《诗词月刊》《诗词家》《中华诗词》等文学期刊。在名师的指导下，屡次获得国家、省、县各种荣誉奖项。

诗心不老精神在　诗树常青硕果丰

序赵心田诗友《诗集》

十多年前的一天，我突然接到一个陌生人打来的电话："你是秋枫老师吧？我是黑龙江省巴彦县的诗词爱好者赵心田。"我说："老师不敢，秋枫是我！"一番介绍，一番寒暄之后，我们谈到了诗词、诗观、诗风、诗德及诗途。接下来的日子里，我们经常在电话里谈创作，切磋诗艺，交流创作体会，展望诗词发展方向。尤其是，我编撰的《中华实用诗韵》出版发行后，赵心田诗友更是叫好称赞。他说："这本工具书太难得了，现在成了我案头必不可少的诗词专用工具书，获益匪浅，谢谢你！"同时，他还为这本书积极宣传，久之，我们成了真正的诗友加朋友！

2006 年初，《诗词月刊》在北京创刊了，为了发展和联系广大诗词爱好者，刊物决定在全国各地建立工作站。巴彦县就是全国第一批建站地点，是赵心田诗友向我们推荐了诗词大家王玉德先生做巴彦县的站长，王站长和赵心田二人为《诗词月刊》和巴彦县的诗友做了大量的、有益的工作。2009 年 9 月，王站长和赵心田诗友一行 6 人，应邀参加了《诗词月刊》在辽宁营口召开的"全国诗词创作联谊"会议。至此，神交已久的我们才第一次见了面，我们一见如故，非常高兴。

光阴荏苒，转眼七八年过去了！2016年6月份，我接到赵心田儿子赵航的电话，当我得知赵心田诗友因病离开我们的消息时，真是不敢相信，也不愿意相信这消息是真的。失去了一位良师益友，不禁悲从中来。这正是"故里乡邻称大贤，半生坎坷著诗篇。阎罗料是钦才子，招去瑶宫设讲坛"。我真心希望赵心田诗友在极乐世界中，也能以诗为伴，乐而忘忧！

在赵航的要求下，我作为老朋友不揣浅陋，应邀执序，也算是对老朋友的一个交代吧！赵心田诗友好学上进，对于诗词他属于无师自通。在这方面，他所下的功夫可谓不小，常常是"独自挑灯到五更，打磨文字总求精。淘来些许能如意，不枉初心夜夜情"。他的诗作朴实大方，通俗易懂，时代感强，感情真诚、感人。尤其是亲情、诗情、乡情、友情方面的作品，更是情真义切。亲情诗写得有血有肉、亲情无限，表现了骨肉情浓，令人感动！下面，仅举几例说明。如《看幼孙滑旱冰》他这样写道："幼孙展臂飞如燕，广场穿梭身似箭。笑脸相迎汗洗颜，天伦乐趣情无限。"孙子在场上飞舞，爷爷在场外盯着看，不忍漏掉一个细节。孙子看爷爷是汗流满面，爷爷看孙子是心跟着转，乐享天伦"相看两不厌"。真正体现了祖孙亲情，相悦相欢。在《哈机场送儿去南非》中写道："扬眉情缱绻，挥手泪滂沱。"情缱绻包含着无限的牵挂和眷恋；泪滂沱又演绎着多少不舍和无奈。对于儿子远离家乡创业的行为，既感到扬眉吐气，又舍不得让儿子背井离乡。这喜与悲所交织的情感，令读者感之深，怜之切！这是实实在在的父子情深。再如《千里省亲看望外婆》中的尾联："忽闻姥姥乳名唤，泪水潸然夙梦圆。"一声乳名唤，勾出多少难忘的往事。而泪水潸然中又包含了多少问候和惦念，同时也说明了见一面是很不容易的。夙愿是有感情重量的，能用夙愿来形容，就说明是很难办到的事情，这里不仅透露出时间和空间的跨度很大，也说明彼此之间相互思念、牵挂的程度难以想象，字里行间所流露的亲情，令读者感觉温暖、惬意。作品中似这类亲情题材很多，写得也很到位。因为作者是性情中人，正是不舍亲情传血脉，真情实感做诗人。

他的亲情诗是这样，在诗情诗方面也是如此，他在《相逢恨晚》中写道："壮心不已诗坛立，重获新生笔不衰。"《夜读》："史书新旧明今古，岁月沉浮辨假真。学海无涯求胜境，儒生杏苑遇知音。"《读书吟》："千番汲取知初晓，百史皆收理渐清。博览群书传古韵，抒情言志做精英。"《习诗感赋》："国粹文人凭妙笔，芸窗翰墨著精英。倾心百问情犹壮，瞑目千思意渐清。"《习诗一》："几粒珠玑光子夜，千滴翰墨润华篇。诗潮鼎沸新声悦，汉语飘香古韵鲜。"《习诗》："园丁浇灌刊留迹，老骥扬蹄志不移。"道出了一代人的追求精神，把退休后的精力转移到学习和弘扬传统文化上，将心中想、耳中听、眼中看到的写出来。而且是以诗的语言、诗的形式、诗的思维，奉献给读者，留给后代，传承历史。在学习中他所付出的精力和汗水，得到了收获。

在乡情、友情的作品中，也是充满了关爱和热情，读之令人动容和钦佩。如《江皋是故乡》："情缘故乡美，意笃话无涯。"《回乡之夜》："反侧因心悦，无眠话语频。堂前亲父老，茶后会知音。"《辛卯上元节幸会老同学》："余和诗一首，兄赠墨双笺。"诗句流畅如清风吹来，令人面爽心怡。

赵心田诗友在多年的学习创作中，诗获丰收，时代感强，语言流畅，清新活泼，好诗好句子多多。这类亲情诗、诗情诗、乡情诗、友情诗，皆感情

真挚，激情澎湃，心到笔到，笔随情动，情入诗中，诗译情怀，感人至深，引人向善，引起共鸣！在感怀诗、咏物诗、怀古诗、山水诗等各类题材中，也是感情饱满，笔力不凡，好词好句信手拈来。

在创作形式上，他侧重于律和绝。在治学上，他格律严谨，韵用新生，掌握精准，有炼的过程，更有炼的高度。

综观赵心田诗友的为诗之路和所取得的成绩，令我们欣慰！今天，他虽已驾鹤西行，永远地离开了我们，但，他的诗作还在，诗情永存。正是"诗情不老精神在，诗树长青硕果丰"。

在这里，更值得一提的是，赵心田诗友的子女已将其遗作整理成册，拟出版，以慰其父。我们也为赵心田诗友能有这样孝顺的子女而高兴，同时我们也相信赵心田诗友定会含笑九泉的！

是为序！

秋枫

2016年12月于秋枫轩

前　言

　　中国是诗歌的故乡，五千年的传统文化留给我们一座浩瀚无边的诗歌宝库，其中的优秀篇章数不胜数。中国人从牙牙学语就接受古典诗词的熏陶，诗词中的名篇佳句如星光月影伴随一生。正是这些优秀的诗词歌赋哺育一代代文人学子，诗言志，词言情，古典诗歌的滋养让我们的生活更多了一份诗意的典雅。

　　在现代化的生活中，古典诗词依旧散发着活力和生机，很多诗词爱好者勤于笔墨，将生活中的点滴观察和喜怒哀乐诉诸于诗句中，随着诗词的平仄起伏记录下自己的发现和感想。本书作者赵心田就是一位勤奋耕耘在诗词百花园里的优秀诗人。

　　赵心田，笔名照思。是一位歌咏龙江风情的古体诗词名家。他 1941 年出生于吉林省临江市。长期从事教育和文化工作，历任黑龙江省巴彦县文教局科员、文化馆长、中学校长、龙泉林场场长、县地震局局长。现为中华诗词学会会员、中国楹联家协会会员、黑龙江省诗词楹联协会会员、《苏城诗萃》编辑。

　　赵心田的诗歌创作来源于他丰富的生活阅历和深厚的文学修养，多年来他笔耕不缀，创作出上百首诗歌作品，而其中最具特色的就是赵心田的古体格律诗词作品。

　　为了在诗词艺术领域更上一层楼，赵心田投师名门，勤奋学习，虚心请教，从五言到七言，从律诗到词赋，寒来暑往埋首案头，字斟句酌一吟三叹。尤其在退休后，更是创作激情迸发，无论是游历名山秀水，还是徜徉在小区花园，赵心田总是带着诗人的慧眼去观察四季风景和人间趣事。每每有所感想，必诉诸诗篇，从赏花小诗到词赋大作都洋溢着对生活的热爱和对故乡风情的痴迷。

十几年来，赵心田的作品被多家报刊发表，其诗词作品在《北方文学》《长白山诗词》《中华诗词》《诗词月刊》等知名刊物上发表后，备受专家和诗词爱好者的称赞。2010年，在全国首届当代文人学术论坛评审中，被中华艺术家学会授予"当代文化艺术家"称号。2011年，在中华诗人踏春行活动中，其作品被中华诗词协会评为一等奖。在中国共产党九十华诞诗词大赛中，赵心田因书写了多篇歌咏革命传统和报国激情的作品，被授予"赤子楷模"的光荣称号。赵心田多年的诗词创作文辞优美、格律严谨，在2014年，中华文学艺术家协会向其颁发了"格律诗词一级中华诗人"的证书。

赵心田的诗词作品主题丰富，诗句活泼生动，通俗而雅致。其作品严守格律而不拘泥，常有惊人之语，是新时代、新生活的优秀诗人，是歌咏祖国和故乡的优秀诗词名家。

目 录

五言律诗..................1

七言律诗..................45

词........................241

五言律诗

驼峰晨景

岚绕骈峰幻，鹰旋碧海茫。
巉岩盘险径，叶隙透曦光。
风吼泉抒意，花摇草溢芳。
涛声迎览客，心境沐朝阳。

晨渔

挥手牵牛绽，筛云篓扣浜。
鱼愁疯撞网，人喜笑装筐。
水冷心头暖，风腥野味香。
渔歌拂细浪，耆老曲张狂。

甘霖

昨夜通宵雨，官民共乐观。
蔫禾颜见悦，旱地垅还暄。
晴霁空旋鸟，风和露润田。
愁云虽散去，美梦靠天圆。

白山绿水情

天使依屏蔽，宽衣对镜梳。
白山披绿发，碧水浴仙姑。
瀑挂千秋画，池悬百卷书。
三江甘乳涌，入海眺情夫。

竹

破土渐虚心，盛名雨后春。
根催尖笋长，叶展骨节抻。
头晃眉飞舞，风吹管乐吟。
褒贬由他去，断裂见精神。

压力锅

一从经火炼，气大未曾诠。
香米胸中煮，佳肴腹里煎。
由衷呈傲骨，似子孝椿萱。
日久亲情在，高压敢破天。

咏风（一）

飞雪掠梅怀，飘香蓓蕾开。
催云洒甘雨，伴日破阴霾。
怒吼扬尘去，柔情送爽来。
四时拂大地，天下任徘徊。

咏风（二）

萧瑟寒气生，撕云拭太清。
穿峡鸣涧谷，越岭撼巅峰。
来去空无迹，飘摇路有声。
四时个中味，万籁共抒情。

雪乡农家

四时次第交，霜降雾凇昭。
寒牖贴福字，暖棚育嫩苗。
人随财变化，心共梦招摇。
期盼桃花水，咨询电脑教。

山乡春韵

雪花不再娇,百草正拔高。
果木擎花絮,章台荡绿绦。
河随风荡漾,气伴雨飘潇。
刮目蓬莱境,行春块垒消。

枯木吟

青梦生机在,复苏更逞强。
霖滋满山绿,霜降一身黄。
断杪擎天柱,剪枝做栋梁。
枯木心不死,碧血未曾凉。

夏游太阳岛

凌云倚白塔,览秀亦风流。
花卉迎才女,荷池荡画舟。
红肠会啤酒,墨客咏阁楼。
灵境传天下,入冬伴雪游。

荷池寻味

风撩静水皱，蛙唱翠罗裙。
柳荡绦拂浪，舟行棹碎云。
花香熏绿树，鸟语述红尘。
欲品池中味，荷仙最懂人。

重阳节抒情

凭高沐日昕，绝顶悟红尘。
心境连天宇，阳光扫鬼魂。
风摇七彩岭，叶落五云根。
把酒人陶醉，凌霄雁伴吟。

登鹰峰鸟瞰驿马山

登峰食秀色，俯首赏丹青。
片片山花艳，涓涓江水澄。
云烟绕雄殿，林杪曳崚嶒。
视塔冲霄汉，凌云我作鹰。

雨后晨游黎明湖

云赊潋滟平,舟在镜中行。
花绽流霞彩,柳闻步履声。
栈桥观胜境,阁苑焕激情。
漫步林荫路,擦肩笑向迎。

送儿去南非首都求职

阖家空港立,佯笑泪藏心。
犬子天涯去,龙孙望角拼。
环球一箭射,异地两相分。
昂首云中客,放飞恋国门。

咏巴彦文化公园

昭肃威仪立,苏城品位增。
驻足花卉伴,俯首溪水鸣。
壁镂先行迹,园铭后裔情。
瘦石题序记,古郡更空灵。

雪中望八达岭长城

拾阶探碧霄，鹅羽卷狂飙。
锁钥千山虎，璇垣九域蛟。
关城花缀阙，军岭雾拂涛。
天霁心胸阔，炎黄后裔骄。

登瞭望塔

足踏凌云塔，眼观五彩山。
温泉流圣水，香尘落峡川。
鸿雁长空咏，林涛巨浪翻。
金风寒刺骨，壮景心地宽。

稻秧下水

鹅黄初见绿，种稻长青芽。
机蹈污泥水，香飘苦菜花。
朝阳人沐浴，细雨燕桑拿。
山坳风情酽，育栽又换茬。

冬宿松花江畔宾馆

下榻松江畔，冰烟点缀门。
撩帘望寒月，骋目盼温暾。
步履阳台动，吟哦马路闻。
楼高风凛冽，排阖雪纷纷。

冬游斯大林公园

背倚防洪塔，迎风有所欢。
足行冰雪路，身过雾凇间。
消费须节俭，观光不差钱。
饥寒灌啤酒，心热梦方圆。

荷池春韵

河汉一犁雨，风撩潋滟翻。
俚歌听牧曲，欸乃奏和弦。
紫燕凌云剪，青蛙问客喧。
荷塘一派绿，初夏使陶然。

夜登老爷岭

夜旅林间路，朦胧费眼睛。
风停人放胆，树静鸟无声。
月色嫦娥洒，星光玉宇倾。
扬眉天一线，俯首万家灯。

皇梦黎庶圆

帝子何方憩，琼阁日夜闲。
流霞醉南浦，落日下西山。
兴借三王序，衰修百废间。
风情迎览客，皇梦庶民圆。

省亲登峰吟

登山步履轻，凝仁使心惊。
车走林荫路，风吹鸟乐笙。
鸥飞吐胸臆，瀑落献真情。
游子凭高唱，亲人脚下听。

回林场登驼峰

足立双峰顶,层峦绿气熏。
卿云浮翠木,溪水跳金鳞。
松浪随风啸,山花赐馥馨。
身为一场长,座下巨龙奔。

登驼峰祭抗联烈士

气绕驼峰立,鹰旋碧海茫。
枝繁思弹雨,叶茂敬忠良。
风吼碑抒意,花熏血溢香。
涛声吟傲骨,肃立沐朝阳。

知足

七旬不倒翁,回首逝川踪。
立马千峰跃,归田百事通。
高风呈铁骨,正气染苍松。
清淡何言苦,平生忘己功。

登驼峰谒抗联烈士遗址

气壮驼峰岭，鹰旋烈士庄。
入林思弹雨，扫墓恨刀枪。
风啸云滴泪，铃摇血溢香。
涛声鸣号角，酹酒祭忠良。

早春

晨曦投色谱，金彩染朝暾。
稻绿池中水，花红树里村。
机犁翻陌垅，良种暖民心。
喜鹊登枝唱，景幽布谷吟。

看春

一夜暖风吹，开门满目辉。
花坛蓓蕾绽，路畔柳绦飞。
双燕房檐绕，群蜂蕊上堆。
承蒙光赐彩，百媚拓心扉。

兴安岭冬韵

银屑盖红松,盛名贯远东。
深林藏猛虎,孤洞睡黑熊。
碧水凝平镜,银峰立太空。
彤阳温沃土,造化冰雪中。

天灾人不外

东瀛传噩耗,闻讯众心焦。
魂尽狂潮水,核蒸福岛霄。
海涛人浸浪,华舰岸抛锚。
冰释南京血,前仇不可消。

雪莲

岩隙寻根土,银台斗朔风。
身寒求烈日,心暖话精灵。
花绽冠托雪,香飘气化冰。
天姿凭傲骨,药典誉相争。

西山即景

铁塔峰头峙,山腰宝殿涵。
金驹驰古道,玉液荡新帆。
鱼跳飞湖浪,鹰翔舞昊天。
盛名扬塞北,美奂云壤间。

端午游西郊

踏春端午晓,撞踵汇郊园。
童子食黄粽,婵娟赏碧莲。
白鹅翻潋滟,紫燕唱呢喃。
诗友离骚咏,云流水上帆。

凌云我为鹰

凝伫巉岩顶,凌云我作鹰。
鲜花迎旧侣,古刹诱新朋。
举目空灵续,飞觞逸气增。
凭高情未了,愉悦天地情。

晨游太阳岛

扬眉凝落瀑，伫候挹昕光。
惬意萦心地，激情漾渚江。
拨云白塔靓，挂露紫英香。
俯首观湖彩，蓬莱美奂彰。

夜宿老家吟

籁寂朦胧夜，青霄月一轮。
灯明三壁亮，人醉五粮醇。
梦醒椿萱笑，茶余故事亲。
田园新胜旧，稻谷总撩魂。

江皋是故乡

水绿江皋树，鸥鸣戏浪花。
山岚跌宕舞，画舫沉浮划。
血沸峡间浪，心飞岭上霞。
情缘故乡美，意笃话无涯。

回乡之夜

反侧因心悦,无眠话语频。
堂前亲父老,茶后会知音。
烙印田园画,胸怀果圃林。
恩泽多尽孝,摆酒请乡邻。

春临山乡路

漫步幽林隙,山泉涌玉浆。
和风舔春绿,丝雨绣秋黄。
馥溢丁香树,燕修故旧房。
小歇村外路,凝碧探春光。

重登驼峰

坐鞍峭壁环,踹镫欲扬鞭。
跨越山峡窄,翱翔玉宇宽。
无茶泉水涌,有酒云壤酣。
侧耳聆天籁,云根碧浪翻。

驿马山上下

林海松涛涌，鹰峰挂画轴。
彩霞浮寺院，铁塔依琼楼。
鸟唤长空苑，鱼馋挂饵钩。
钟情吐胸臆，振臂放歌喉。

哈机场送儿去南非

铃响惊魂魄，雄鹰展翅赊。
扬眉情遣绻，挥手泪滂沱。
鹏骛心尤系，神驰步未挪。
凌云人抖擞，跨海为拼搏。

广场阵雨一瞬间

期盼朝暾现，乌云上下翻。
前风人备伞，后雨燕钻天。
浪洗长街路，杯鸣酒肆间。
须臾霭霾散，广场舞翩跹。

登山海关城楼

笑傲第一关,凝眸入望宽。
近临龙蹈海,远眺虎伏山。
堞堡挥大纛,竹弓射虏幡。
靖宁思战事,赍恨化飞烟。

花甲入杏园

六秩狂吟客,文坛一束花。
盛情弘国粹,大爱系中华。
宋韵今承古,唐风彩染霞。
耕耘犁不挫,墨浪涌天涯。

秋蝉

百感啼高树,通韵力唤亲。
动容吟噪曲,掏腹诉悲音。
生老均承脉,兴衰未断根。
轻盈脱壳去,入药慰丹心。

不倒翁

六旬下马公,卸甲坐如钟。
秉笔千枝秀,荷锄百事通。
高风呈傲骨,正气染青松。
清淡何言寂,悠闲不倒翁。

惬意西郊园

湖畔人熙攘,林阴剑烁光。
蜂鸣荷蓓蕾,鱼跃水静浜。
情寄城郊苑,风催稻谷浆。
青蛙击鼓唱,笑语鸟帮腔。

夏游香炉山

人登百仞峰,林茂绘丹青。
群鸟穿云唤,众人壮胆行。
彩岚峡谷荡,绿水伴溪腾。
杖搅香炉火,烟熏展翅鹰。

夜伫鹰峰阙

身倚凌空塔，足登鸟喙峰。
青灯照雄殿，渔火映溪汀。
月色天公意，钟声道士情。
扬眉星眨眼，俯首一片灯。

太阳岛

雨洗彤阳岛，风推一棹舟。
峰巅扬雪絮，山麓傍芳洲。
水映凌云塔，树围耸地楼。
江湾簑笠钓，览客慕名游。

秋山

翠岭千层浪，神泉润百川。
风飘锦绣叶，霜染五花山。
迎客松招手，观光鸟问天。
秋枫身灿烂，借势两脱凡。

登瞭望塔鸟瞰

凝伫凌巅塔，凭栏视野宽。
翠微飞唤鸟，碧海欲扬帆。
渴望心存梦，深思任在肩。
抒情挥妙笔，泼墨浪滔天。

咏瘦石郊园撰联

屠龙高手墨，亭榭彩斑斓。
联镂雕花栋，匾呈笑靥莲。
新风君点赞，古韵客留言。
胜境空灵现，郊园傲大千。

挚友夜聚黑山健身广场

冰轮头顶耀，朗照泉水湍。
把酒熏风荡，放歌篝火燃。
炊烟深坳袅，情致夤夜淹。
旧友通宵醉，成眠梦更甜。

晨游大连老虎滩

晓日炙狂澜，凝眸碧海湾。
鸥冲跌宕浪，潮退平静滩。
情笃千秋水，神迷一桿帆。
风吹波万变，更享蔚蓝天。

登林场瞭望塔

凌塔虚怀谷，身悬碧落间。
目光拂绿海，林杪拭蓝天。
屏蔽千寻刃，溪流万古泉。
居高人抖擞，长啸巨龙翻。

西郊公园即景

湖畔秧歌闹，林荫百草香。
池塘荷绽蕾，亭榭客飞觞。
燕紫昆虫敛，花红蓓蕾张。
阖家飞一棹，灵境入诗囊。

采风寄语

驱车代步征,路侧景萦情。
彩鸟迎游客,峡风化夙冰。
登峰无索道,仁岭作雄鹰。
鬼斧丹青献,空灵造化生。

春雨

锅天霭罩村,点点润畴尘。
山后林存雪,房前柳正荫。
红牛翻故土,墨浪涌层林。
春雨超油贵,瞬间遍地人。

闲钓

悠闲觅鲜味,打坐草根堤。
清濑波何稳,柔风浪不急。
垂纶钩匿饵,入水鱼挂鳍。
竹篓银鳞跳,家人摆酒席。

农民工加夜班

碧落月高悬，升空上绞盘。
风摇脚手架，铲砌虎头砖。
起早添存款，贪黑欲募捐。
牵心唯父母，疼爱共婵娟。

小憩文治门楼

日照城隅阙，谯楼赏物华。
凝神思画栋，失态侃桑麻。
俯首车流水，倾心路嵌花。
古城惹人醉，小憩梦无涯。

端午西郊景

踏春端午晓，络绎聚郊园。
口里食黄粽，池中赏碧莲。
鹅黄风喝采，燕紫雾呢喃。
童叟离骚咏，流云水上帆。

登鹰嘴峰

身傍凌云塔,童心欲做鹰。
层峦迎劲旅,古刹映新城。
举目空灵续,飞觞逸气赓。
下山情未了,日落满天星。

初雪

塞北梨花舞,含情伴朔风。
天沉云淡漠,地厚土疏松。
驰马踪无迹,飞禽翅敛踪。
对酌陈酿酒,仰望霁时空。

依峰观瀑

凝眸河汉泻,银练陡崖翩。
排浪三江远,润畴五谷宽。
腾空飞澍雨,落地铸华篇。
峡路铿锵韵,虹霞蔚大千。

登铧子峰

伫候三铧刃，凌霄我作锋。
云林群鸟唱，碧落四时耕。
侧耳听泉涌，凝眸望瀑倾。
松江收眼底，万象化激情。

回故乡夜到鸭绿江

船辗江中月，皋移北斗斜。
峡深灯指路，天暗浪无竭。
登岸回头望，岂能卧榻歇。
省亲迎父老，尽孝泪成别。

小康城吟

国富民生旺，城乡草木深。
林荫车骋路，商厦货随心。
灯火明月夜，风情满乾坤。
楼盘拔地起，墨客撰奇闻。

眺松花江大桥

冰城迎绿水，车涌似穿梭。
浪浣虹桥底，路牵柳岸坡。
轻舟撑丽伞，巨舸泛澜波。
池化白山雪，擎杯感慨多。

牧歌

蹄奋新村外，牧临碧坳间。
莺歌牛斗角，鞭舞马鸣天。
彩漫千层岭，鹰飞五谷川。
彤霞涵丽日，结伴下夕烟。

.愈后重生

幸有华陀术，疾瘥获复生。
珍馐强弱骨，苦水化甜冰。
情咏风花月，意达赋比兴。
秋霜凋落叶，枯木铸空灵。

雪莲

岩隙寻根土，高崖戏朔风。
身寒羞烈日，心暖傍雄鹰。
花绽冠托雪，香飘蕾化冰。
天姿国色艳，微躯傲骨铮。

辛卯上元节幸会老同学

睽违五秩年，邂逅月光前。
冽酒三巡淡，馐香五味鲜。
余和诗一首，兄赠墨双笺。
回首云程累，擎觞问九天。

救星赞歌

韶山日耀东，人渴赖祥龙。
驱寇工农勇，降妖虎豹凶。
航向遵义改，挥手子弟冲。
华夏苍生立，救星永烁空。

郊园春韵

银汉一犁雨,草苏柳叶鲜。
渔歌伴小曲,欸乃奏和弦。
箭燕穿云射,鼓蛙向客喧。
荷池一抹彩,闭目梦斑斓。

游大顶子山

凭皋勘电站,撒网泛涟漪。
船吼犹如号,鸥冲判若镝。
流霞驱块垒,喷雾润禾畦。
优胜棋盘梦,天人对弈急。

九日登峰

凭高沐日昕,绝顶览长林。
心地连天宇,重阳灭鬼魂。
风摇七彩叶,花落五云根。
萸酒灵台沸,秋枫火样喷。

春游山乡路

漫步幽林径,山泉赐玉浆。
和风醉寒绿,细雨浣鹅黄。
馥溢丁香树,燕修故旧房。
足歇畦水岸,骋目探韶光。

枯木颂

清梦生机在,复苏叶吐浆。
澍来半山绿,霜降一身黄。
断杪擎天柱,捐躯筑殿堂。
平生头可取,碧血未曾凉。

有感太极拳

行云不作声,流水气飞腾。
伸手寻天意,收拳觅地情。
心狭繁事重,胸阔一身轻。
抛弃黄泉路,余生骨气兴。

农家门前事

柳下唠家常,得闲晒太阳。
七情携雨露,六欲伴花香。
小狗垂舌喘,老猫懒目张。
五伦关系旺,世态少炎凉。

清明节陵园扫墓

鲜花倚碑泣,美酒祭英贤。
寇灭硝烟散,梦回炮火喧。
忠灵还玉宇,铁骨卧陵园。
烈士人神敬,丹心染九天。

无题

寂寞杯中酒,依窗望月明。
书斋孤影动,心语寸毫呈。
成败恒心在,祸福傲骨擎。
标格非朽木,临雪赋长风。

雨霁翠微

雷劈河汉坝，电闪丝絮垂。
霖止云成雾，风停日献晖。
晴空翔丽鸟，细水润芳菲。
旷野泠泠爽，彩虹挽翠微。

解读母亲河

母乳开襟涌，炎黄子入怀。
冲沙掀骇浪，卷土下高台。
润物及时雨，跳槽灭顶灾。
是非难定论，爱恨二八开。

钓趣

悠闲寻美味，打坐草坪堤。
清濑波何稳，柔风浪不急。
垂纶钩挂饵，入水鱼抢食。
鲤跳竹编篓，腥熏簑笠衣。

夏游香炉山

夏游碧落峰,霞蔚五云蒸。
群鸟穿林唳,众人壮胆登。
馨风偕雾荡,瀑絮共溪倾。
未艾香炉悦,方兴鹤多情。

夜宿鹰峰阙

身倚参天塔,足登鹫喙峰。
星稀灯扰月,夜静浪扬声。
鸟语柴巢咽,磬飞方丈鸣。
凝眸开夜幕,昂首太阳升。

太阳岛

日照彤阳岛,风推一棹舟。
云间飞玉液,雾隙现峰头。
水映高山塔,树环耸地楼。
江湾花竞秀,灵境冰城优。

感悟灵隐寺

人集大殿中,放眼木葱茏。
华表形如塔,观音貌若钟。
烟飘峡谷浪,火炙墙外松。
承诺思圆梦,佛家事可公?

自语

人老童心在,何妨叹暮秋。
愿谈华夏富,牵挂庶民忧。
博古兴邦史,通今创业猷。
高深非莫测,一笑解千愁。

戏作西山秋

鹰喙朝天呖,山根帅水流。
塔高彩云罩,庙小贵人求。
柳茂林飞杪,风狂树晃头。
天时迎四季,霜酿五花秋。

偶感

人活争口气,时尚少悬殊。
跌倒能爬起,升迁不靠扶。
清贫无过错,富贵有沉浮。
坎坷人生路,心平淡定舒。

偶成

权贵他人事,夺魁靠力争。
平庸无褒贬,称盛少衰兴。
多睹光明面,少读腐败经。
炎凉非我属,搏斗定输赢。

雪中八达岭

烽台仰碧霄,僻壤六出飘。
蜡象千山卧,银蛇万里昭。
关城垣两侧,军岭路一条。
霁后彤阳暖,长城素更娇。

秋松

拔地峙云泥，临风干不移。
经霜枝捧塔，傲雪骨生仪。
冷裹珍珠粒，香飘锦绣衣。
长林身鹤立，坦荡展襟期。

家乡曲

溪涌山畴畔，花坛傍柳翻。
呢喃声紫燕，潋滟浪清泉。
敬客陈年酒，迎亲自卷烟。
醉聊深坳路，待见艳阳天。

家乡夜

夜暗蟾宫近，风飘似雨声。
心音随万籁，身影傍三更。
酒洌情思乱，茶残脉络清。
银河星眨眼，对笑满街灯。

《诗词月刊》营口行

南下征程远,车驰日夜行。
心飞龙摆尾,轮辗轨留声。
地动千山颤,笛鸣百站迎。
欣逢华夏客,营口会精英。

情寄飞行员

鲲鹏您掌舵,展翅破阴霾。
呼啸穿云海,喧阗跨九垓。
征程凭睿智,游客羡良才。
入望环球小,长空做舞台。

北郊晚照

北郊池面小,苗圃树葱茏。
入夜蛙声鼓,开灯雾气浓。
荷莲收萼梦,俊鸟入牢笼。
伫候听天籁,车行一路风。

观光岳阳楼

凭栏收远眺，霞蔚洞庭流。
浪吻沙鸥翅，香熏酒肆俦。
云根腾紫气，湖鉴映兰舟。
景醉云天外，名楼客不休。

山雨侵茅屋

雷鸣先闪电，暴雨漫天飞。
林海添新绿，空林展翠微。
风吹云不落，鸟呖浪相追。
草舍烟熏指，乡愁溢满杯。

雨借风威

雷劈银河坝，声助暴风威。
树吼层峦抖，溪流细浪追。
霭霾空破碎，彤日地生辉。
谁管炎凉事，蓝天远是非。

乘机飞京

鲲鹏横玉宇，骋目透阴霾。
何惧狂飙掠，任凭烈日裁。
高天人荟萃，云海客徘徊。
渴望国旗下，心满紫禁怀。

大海晨雾

大雾罩波澜，笛鸣不见船。
鸥冲寻烈日，潮落亮沙滩。
舰辗千层浪，客迎无限渊。
风狂云万变，晴霁海斑斓。

家山伴我行

攀援步履轻，凝伫客心惊。
人走参差路，瀑飞错落峰。
云飘含热泪，雾散见真情。
游子凭高处，长林碧浪腾。

滕王阁

帝子何方憩，杰阁昼夜闲。
流霞醉南浦，落日下西山。
兴借三王序，衰失百废间。
五云合沓彩，绮梦布衣圆。

凌峰赏空灵

凭高脚下松，俯首赏丹青。
水涌千畦稻，云飘万仞峰。
人歌空荡韵，山啸涧回声。
寺隐虔诚客，香熏百里城。

除夕夜

玉兔归山去，金龙踏雪来。
红灯争闪烁，铁树映兴衰。
焰火云霄外，钟声夜幕裁。
荧屏歌伴舞，家宴酒红腮。

习诗吟

夤夜咏兰章，声含古墨香。
眼花茶醒目，耳背韵舒肠。
秉笔笺呈赋，爬格见智商。
干柴生烈火，枯木任昭彰。

岳阳楼观光

凭栏摇扇望，霞染洞庭流。
浪引沙鸥翥，文牵墨客讴。
云根腾紫气，湖鉴映兰舟。
景醉心胸阔，骈楼傲气遒。

雨霁洞庭湖

雨霁太阳红，风传欸乃赓。
波光千浪烁，山色半湖青。
空架虹桥阆，声喧酒肆厅。
擎竿蓑笠坐，垂钓洞庭情。

春游山间路

漫步幽林径,甘泉献酒浆。
和风舔寒绿,细雨浣鹅黄。
馥溢丁香树,燕修故旧房。
足歇畦水岸,闭目悟韶光。

病榻遐思

常有华陀术,疾消获复生。
珍馐强倦骨,苦水化坚冰。
情笃风花月,意达赋比兴。
秋霜滴热泪,枯木撰空灵。

悼生老

驾鹤黄泉去,丹心志未央。
德高传弟子,情烈化冰霜。
白发童声语,长毫古韵章。
天堂方尽兴,碧血涌遐荒。

晨游龙泉林场

漫步驼峰下，畅怀赋古泉。
馨风拂睡岭，丽鸟薅层峦。
水荡群芳绽，声扬万壑旋。
旷野舒筋骨，绝顶览天颜。

龙潭吟

浩渺烟波水，瑶池浴雪山。
白云除污土，绿海涌绝巅。
虹扣珠帘壁，溪流涧谷川。
临峰听籁乐，醉入梦中仙。

知足

杨柳御风沙，蜗居不少啥。
餐尝个中菜，心系满园花。
墨酿琼浆酒，杯装绿叶茶。
朝夕无后虑，四时享年华。

观长白山瀑布

涉足虹雾下,白练陡崖翩。
排浪三江远,润畴五谷宽。
腾空凝澍雨,落地铸华篇。
峡路铿锵去,豪情壮逝川。

七言律诗

老朽看幼孙滑旱冰

贤孙振臂飞如燕,广场穿梭身似箭。
笑脸相迎汗洗颜,天伦乐趣情无限。

落英

风高气爽树凋零,霜降群芳屡落英。
山静虫鸣枫欲醉,涅槃凰凤再重生。

大蒜

青姿玉立土埋根,断首抽筋买卖频。
菌去馐来辛搅味,路摊超市价如金。

雁南飞

塞北江南若比邻,流云作伴各知音。
长天振翅迎风唳,故地重游泪洗尘。

登香炉山偶成

车绕林幽雾罩山，巉岩直上汗湿衫。
留连最是香炉火，潇洒凌云兴亦然。

路过母校

车过庠门感慨多，鬓白昏目叹蹉跎。
垂髫树下书声琅，驻步潸然泪为何？

夜读有感

夜览群书岂用灯，行行字字亮如星。
抒情达意诗言志，玉韵腔圆万古风。

清晨望松江

清波碧水彩船飞，老叟凭栏骋目追。
雪浪自成千古画，江汀渚岛沐朝晖。

见宰牛感赋

利刃寒光血逆流,刺喉取肉不是仇。
摇头含泪呈五味,张口无言命到头。

荣获"当代诗词艺术家"称号感赋

手捧金杯热泪垂,国徽红印暖心扉。
几行文字千滴血,未忘恩师苦栽培。

钟爱浓茶

玉液琼浆醉大家,田夫唯品浓淡茶。
迎唇独有惊心脾,香溢寒斋茉莉花。

西郊夜景

夜来湖岸云浮浪,长坐堤亭倍清幽。
仰望星空星眨眼,聆听笑语月如钩。

驼峰得句

身倚岩松众岭低，龙泉助浪贯东西。
一轮红日悬高塔，峰立驼鞍任客骑。

雪夜山乡

轻盈飘洒六出花，室暖巢寒树挂纱。
万类群芳魂入梦，百科野兽卧栖峡。

登长白山得句

杖弃银峰倦骨抻，银盆煮雪滋草根。
瑶池酿酒开怀饮，胯下游龙信手擒。

花作钗

山野玫瑰任采摘，千红万紫笑开怀。
兄择一朵呈阿妹，溢彩流香朵作钗。

童趣

彩蝶翻舞入林深,择落枝头欲匿身。
搔首垂髫伴采果,轻拨绿叶漫凝神。

咏萧红

生死场中才女陨,呼兰河水浪呻吟。
时光荏苒魂灵在,日月轮回墨永存。

梦回阅军楼

巴陵胜状阅军楼,百舸征帆帐下收。
鲁肃挥旌呈霸气,摩拳擦掌待曹刘。

候鸟悲

凌晓迎眸万物非,山披绵绣树增辉。
四时幻化钟灵秀,大雁凄清小燕悲。

好汉歌

九转危岩立险峰,采风寻趣从未停。
多情最是吟坛客,振翅凌云路不更。

鹰嘴峰

铁塔千寻箭刺霄,鹰峰拔地尽多娇。
云烟缭绕松林浪,江北名山第一高。

除夕夜

珍馐美酒团圆宴,鞭炮雷鸣震昊天。
子夜灯红星眨眼,心欢气顺日开年。

上元夜

水饺三鲜五味兼,元宵蒸煮大团圆。
孙男弟女钱压岁,览月迎春到上元。

盆松

苍松亘古傲云林，入室躬身眷恋云。
有望参天成大树，偷安苟且陋形存。

悲喜

翠英秀丽卧黄泉，鸾凤只身下济南。
回首当年乔梓恸，苏华相伴暖心田。

楼台望日出

昕光四射照阳台，星月残缺日暖怀。
心与朝暾同向上，攀升切忌志先衰。

长街早市（一）

姑嫂飞车夜幕开，家珍野菜味入怀。
成交礼让双挥手，笑语相约趁早来。

长街早市（二）

棚蔬野菜近楼怀，笑面村姑善口才。
货币双赢人散去，山乡靓女数她乖。

凤凰山黑龙瀑

凰飞凤舞瀑扬花，洒向深峡浪浣崖。
五彩补天飘澍雨，高山流水稻升华。

空中花园

巅峰画苑彩云稠，桦挽杜鹃仙境幽。
旷古绝伦呈碧落，扬眉吐气壮神州。

偃松

身躯矮小也称松，怪桦弯曲我作雄。
无意参天堪笑柳，匍匐爬地拟游龙。

葡萄架下搞特殊

长藤蔓上挂珍珠,一饱私囊胃自舒。
入伙孩童休碍事,酸甜下肚不思厨。

下放三天又反聘

文革下放三门怨,世态炎凉被甩出。
锻炼三天兼五味,成才兀自愿读书。

苦中乐

贫下中农对我亲,故地重游入草根。
经风汗水飘咸味,牢记家乡一片心。

扬场

首次扬场五味熏,三门干部献青春。
一锹甩走香尘土,满地珍珠万两金。

悟长城

联袂攀援奋力登，燕山高处甩长缨。
雁飞锁钥均收翼，人立烽台悟血腥。

藕

花根入土水雕磨，肌腹洁白慧眼多。
泥染花冠呈粉色，情丝不断藕成穴。

苦瓜

叼花垂首挂藤秧，貌似黄瓜味异常。
清血降糖书药典，救死扶伤苦断肠。

西瓜

种来西域另安家，繁衍生息展韶华。
清爽宜人驱酷暑，骄阳炽热胜凉茶。

退休

清风两袖到白头,甲子一轮气正道。
烈马脱缰情未了,粗茶淡饭度春秋。

四时小吟

春花绽放蕾流芳,野树深秋叶挂霜。
酷暑阳光成一统,梅花飞雪共流芳。

秋山

寒风夜雾展风骚,绿叶红英脉络焦。
征雁腾空云护送,火轮燃岭林泛涛。

燕变雕

施肥灌水花枝俏,璞玉雕琢比价高。
汗水积来毫洒墨,风情万种燕成雕。

愚者学诗

书山字海觅真知,鲁钝习文拜好师。
学步蹒跚毫作杖,十年一剑日偏西。

岳阳楼(一)

洞庭湖上彩云飞,镜映名楼榫示威。
风月无边双媲美,水天一色树丰碑。

岳阳楼(二)

冲天拔地峙巴丘,金碧辉煌显赫楼。
商贾经商一窗口,游人览秀更风流。

岳阳楼(三)

洞庭湖畔尽风流,上下天光一笔收。
古墨千言十二简,后人岂敢再应酬。

古代四大美女戏作

沉鱼游影赞声高,闭月花园国色娇。
落雁拂琴诀故土,羞花媲美各风骚。

秋翻

金秋稔谷庶民功,铁马奔腾动地空。
五谷调茬重打垄,明年锦浪在其中。

农民工中秋与阿妹

寂寞中秋月婆娑,春妞坐榻盼阿哥。
嫦娥总有吴刚伴,馅饼无心暖被窝。

荷园春色

荷塘无处不如莹,镜映兴衰五色情。
春雨飞来莲芰绿,红颜绰态话承蒙。

初夏荷塘

一览泓池菡萏娇，燕剪花冠柳摇绦。
馨风拂面蜂吸蜜，愿为游人慰寂寥。

庙会戏言

烟绕青松雾罩山，扶摇直上散云烟。
推崇该是凌霄塔，打坐观音已成仙。

酒店看花

纤纤玉指令君迷，酒肆红颜醉若泥。
杯倒身歪招引客，攻关潇洒落汤鸡。

忆文胜水库

一方明镜照兴衰，回首长堤忆喜哀。
汗水积成稻田绿，舟飞鱼跃翠华来。

登无名峰看江

攀山破雾踏悬梯,一望无垠众岭低。
两岸江皋犹浪立,巅峰彩染更出奇。

晨起登山练步

霁色空濛鱼肚明,炊烟袅袅日蒸腾。
足登林道通天路,偶有飞禽伴我行。

咏瘦石诗词三卷

诗词三卷大家风,山水情深彩不同。
华胄传吟拍案叹,珍珠掷地溅长空。

登鹰峰

雄鹰衔塔矗云天,驿站无痕众口传。
大殿观音舒慧眼,松江风顺好扬帆。

凭栏黄鹤楼

有幸观光傍阙楼,碑廊铜像望中收。
鹤仙游客纷纭至,不悖同行惬意遒。

春色一缕

春风摇柳燕回乡,苦菜初发吐苦浆。
残雪催芽黑土地,桃花水酿紫丁香。

悔之晚矣

既贪熊掌又馋鱼,官路夤缘货币铺。
私款集藏公款取,双规落马悔当初。

读《含泪听风》(一)

噩耗飞来泪水酸,红唇裹齿心胆寒。
思前顾后牵乔梓,腕底生花墨未干。

读《含泪听风》（二）

含泪听风鹤远飞，藕丝不断两相悲。
婉约笔下情殇墨，望子成龙血汗堆。

王婆卖瓜

春风扑面如蜜甜，巧嘴伶牙惹你馋。
买卖不成情意在，红瓤黑籽口流涎。

驴之心声

磨道盘旋眼避光，四蹄敲地吼声藏。
平生伴草胸存火，主人吃米我食糠。

山庄晨色

天桃秾李草飞馨，小燕追逐翼剪云。
红色楼甍迎曒彩，霞光欲醉故乡人。

人七日

开春七日膳食佳，擀面犹丝煮万家。
人寿年丰思始祖，国人未忘补天娲。

庐山（一）

匡庐屏蔽各称雄，仰目惊心使动容。
步履悬梯云脚下，名扬中外建殊功。

庐山（二）

峻嶒山势景朦胧，蒿目山崖鸟翥空。
飞瀑扬花天庭水，丹青盖地傲苍穹。

雪

诗人常诵六出花，凉雨做胎水是妈。
四季轮回天垄断，秋霜过后又重生。

广寒宫里看雁归

仰望蟾宫玉兔悲，征鸿南下有云陪。
天涯海角骈肩翥，悔恨嫦娥泪低眉。

三言两语驿马山

峰在云间塔在空，白楼红寺似迷宫。
金驹驰骋石桥畔，帅水扬波伴钓翁。

中秋叹

又莅中秋月满坡，闺房小妹恨阿哥。
孩儿喜有椿萱伴，讨厌常年思念歌。

春荷

池塘无处不如莹，镜照兴衰馥气浓。
澍雨飞来荷芰艳，熏风染面更玲珑。

夏荷

入望泓池朵朵娇,蜻蜓点水燕低高。
清波频吻芙蓉笑,愿为官民慰寂寥。

西山电视塔

路绕青峰鸟翥天,扶摇直上峭壁岩。
推崇最是凌霄塔,藐视天仙纵火烟。

登峰感悟

撕云驾雾人古稀,弃杖凭高笑解颐。
迢递层峦争皦彩,余晖似火日偏西。

求佛

山花仙草伴青灯,盘坐观音慧眼睁。
可叹名人频下跪,为邀利名特虔诚。

作者心态

飞鸿千里觅知音,抖落风尘探殿门。
闭目养神痴等讯,孤灯明灭待阳春。

攀援迎春

登峰觅趣再迎春,老骥披坚路印痕。
金玉满堂身外物,抒情壮志酒一樽。

雨后山

雨渲云笺淡淡烟,忽明瞬暗雾中含。
朝暾自改千幅画,光照茫原大自然。

山晓

雨霁长林料峭风,轻岚缭绕日初升。
时闻布谷敲天鼓,溪水冰丝浪和声。

采风香炉山门前留影

下车伊始笑声呼,香炉未见镜头出。
背景真山听鸟唱,快门一闪录君姝。

秋山

霜挂枝条万木寒,枫栌点缀五花山。
秋眉正是斑斓地,锦叶翻飞鸟鸣旋。

闲步驿马山外

一望无垠绿色波,畴边杨柳鸟婆娑。
馨风拂面君心醉,梦绕魂牵五子科。

春梅

地动风寒莅早春,温馨旷野净浊尘。
暗香飘溢群芳妒,惹得骚人赞古今。

白梅

冰雪晶莹化此身，玲珑素雅貌撩魂。
迎春绽放香天下，一派柔情倾倒君。

冬梅

相伴春风踏雪来，孤芳自诩诱君猜。
俗人欣赏情愉悦，墨客吟哦巧剪裁。

腊梅

天冷无暇手举花，虬枝献媚做赢家。
冰滋雪润寒风曳，百态千姿气质佳。

腊梅

喜鹊登枝百卉衰，冰清玉碎净阴霾。
芳菲抱怨无人怪，岁末春初次第开。

有感营口西炮台

腥风骇浪寇推门,罪孽东来祸国人。
戮力同心雪国耻,苍溟岛上炮残存。

喜迎门

沧桑几度路扬尘,今喜古城一片新。
遍看高楼拔地起,乔迁入住喜迎门。

自愧

耆年学步力从容,咬定诗文不放松。
莫使插葱装大象,章台走马扮枭雄。

十二生肖戏作

子鼠

此时耗子最招摇,盗库囤粮气死猫。
一旦双方成挚友,恢恢法网罪难逃。

丑牛

性情倔犟展熊腰,春种秋收任苦劳。
夜晚睡前频倒觉,为何羸弱惹屠刀。

寅虎

久踞深山傲作雄,虚怀若谷入牢笼。
准时吞肉心存恨,野性突发啸太空。

卯兔

耳长尾短眼睛赪,敢与飞禽搞竞争。
一步登天圆鹤梦,广寒宫里赌输赢。

辰龙

盛名难副水晶宫,体貌行踪想象中。
旱涝缘为云者事,人心向往雨相应。

巳蛇

泅水穿丛特有名，独来群往祸人精。
毒汁害命人常用，功过难评药典呈。

午马

披坚振鬣奋扬蹄，赛场飞驰好坐骑。
拉套驾辕今到古，英姿威武啸声奇。

未羊

口啃荒原奶水流，健身营养不思酬。
余食草料人吃肉，眼望屠刀命到头。

申猴

法术精通武艺高，七十二变斗魔妖。
长街取乐人投币，动物园中耍大刀。

酉鸡

引吭高歌起床号，坺中留卵紧喧嚣。
实为美味一盘菜，欲作凤凰飞不高。

戌狗

看护家门主放心，有时不认真假人。
摇头晃尾奴才相，不惧家贫永葆春。

亥猪

糠麸泔水腹中吞，粪土生花遍地金。
瘦肉肥肠化营养，屠刀断首见红心。

秋海棠（一）

闲坐书斋赏海棠，久逢知已伴重阳。
茱萸供酒人心醉，判若秋枫不惧霜。

秋海棠（二）

脱颖春花不共名，微寒霜里显威风。
无须黄酒幡然醉，美味奇香漾满城。

西郊莲

杨柳明池映古城，呢喃紫燕报花名。
污泥不染缘心地，笑靥丹冠向客呈。

绿色家园

风来不再漫尘沙，草木环楼树护家。
鸟语花香熏五谷，满庄绿色纯氧吧。

情人节

二月玫瑰味正浓，椿萱儿女各投情。
千金愿买花一朵，以表终生海誓盟。

糊涂好

争论不休鸡与卵，谁先谁后胡乱编。
人生在世糊涂好，空想联篇受众烦。

逆耳不听

书斋案上冷凄清，美色权钱亮眼睛。
壮语豪言渐无影，先行诫告耳旁风。

窗外花

晶莹凌片纷纭至，夜静人眠树挂纱。
一腔热血曾经沸，窗外飞花瑞气佳。

玫瑰情

如血玫瑰任剪裁，情人节里馥蒙怀。
敢折一朵呈阿妹，意寄鲜花笑作钗。

童采蝶

蝴蝶翻舞奔花心,忐忑垂髫树匿身。
搔首无声伴采果,轻拨叶片趣纯真。

自诠

独坐书房凝四壁,开窗昂首望云霄。
古稀莫道征程短,枯木还须翰墨浇。

偶感

乌云翻滚听雷语,流水高山浪韵频。
走马章台迎盛世,笔耕不辍古稀人。

气球吟

出手升空显气威,薮云亮彩迢递飞。
囊中无物扶摇上,力尽途穷落泪归。

基石吟

出山离地土中埋，筑路托楼砥柱材。
但愿人间成阆苑，粉身碎骨乐开怀。

秋之悦

米香阡陌溢平畴，老汉欢心笑点头。
天助深坳风雨顺，人接地气享金秋。

咏菊

独立金秋妩媚姿，繁枝茂叶作花痴。
如云似锦严霜后，欲盖群芳怨雪迟。

冰莲

颦霜傲雪藐天禽，独立冰崖远红尘。
旭日浓霞濡蓓蕾，根温冰土蕴花魂。

太阳岛小憩

彤阳一笑岛生辉,紫燕呢喃浪示威。
览客吟哦飘雅韵,小酌席地举瓶吹。

秋山

峰披锦绣向彤阳,风散阴霾露彩妆。
霜降层林燃炬火,五花灿烂叶张扬。

僧弈

铜磬香炉杵撞钟,少陵驿马浪滔松。
贫僧无事闲博弈,胜负人间转念空。

夜游辽河大堤

抬头望月汉河羞,气喘心怦奔海喉。
难忘朦胧灯火旺,唯缺老蒯伴桥头。

夜游辽河入海口

扶栏共赏辽河口,灯下同吟入海诗。
手上无毫机有意,镜头排闼未为迟。

女工

晨曦彩燕路飞翔,一派风流入厂房。
最是依归花簇锦,车铃悦耳沐夕阳。

晨登鹰峰

身依铁塔沐朝晖,伫立巉岩瞰鸟飞。
伸手撕云擦涩泪,人鹰作伴共崔嵬。

菊

春夏秋冬览客吟,吐丝织锦四时馨。
风霜洗礼阳光貌,傲骨平生铸自尊。

荷塘

鱼跃池塘浪吻荷，瀼瀼露水颢清波。
飞舟如燕涟漪剪，坪草茵茵客不歇。

小城晨韵

清风笛韵又倾城，含笑洁工持帚迎。
花卉争妍楼傲立，躬身垂柳送人行。

营口西炮台感赋

残炮留痕血斑斑，硝烟带火卷惊澜。
雄狮怒吼訇千里，鸥泣碑鸣海啸天。

西郊晨景

曦扫湖波照眼明，虹连柳岸燕滑行。
绿荫匿径坪如画，欸乃随风和鸟鸣。

雨后山庄

急风阵雨浴山庄,浊水湍流响路旁。
老少抢篮驰广场,阖家夺冠汗飘香。

夺 冠

赛场争雄战鼓敲,队旗猎猎炬燃烧。
冲锋奋力争夺冠,乳燕腾飞试比高。

跑道展风骚

经纬小学志气高,奔驰跑道展风骚。
鲜花朵朵迎风绽,火炬熏天分外娇。

传好接力棒

人小心坚志自高,校园赛场逞英豪。
读书健魄平行线,愿做接班重担挑。

为圆国梦献身心

少年誓做接班人,高举红旗步后尘。
建设家国须努力,为圆绮梦献身心。

敢与名将试比高

敢与姚明试比高,愿同名将共过招。
冲驰跑道成飞燕,只差刘翔一步遥。

奋力建辉煌(一)

旗徽火炬闪金光,朵朵葵花向太阳。
少小精英花怒放,拼博向上筑辉煌。

奋力建辉煌(二)

经纬庠园气质扬,精英施展任疏狂。
百花圆梦千技秀,建设中华做栋梁。

圆梦

冰城江畔健身心，万朵鲜花傲绿荫。
圆梦垂髫须奋力，蒸蒸日上似朝暾。

大顶子山电站即景

宽阔江波两岸峰，汀皋林立绿屏风。
观光游水船来往，惊见扬花溅地空。

有感趵突泉

凭栏欲见匡庐瀑，判若钱塘倒灌潮。
自古泉城溪涌路，虹桥泺水润花娇。

望月

仰目依窗芳榻冷，寒窠燕卧玉钩斜。
人云离久重逢热，玉兔穿梭不忍歇。

山海关

举世无双险隘关，老龙翘首向青天。
角山云里松迎客，虎啸千年为喊冤。

法官

前台办案后台情，无畏无私亮准绳。
裙带钱权欲干扰，连根带叶一并惩。

刈毒草

片刀虽快尚留痕，砍掉枝藤未断魂。
试问毒瘤何处有，芳菲脚下匿深根。

牢狱灾

法网恢恢罪孽收，铁窗眺望几时休。
手镯脚链亲人远，有悔良言顺水流。

望长白山瀑布

花落高崖雪浪翻,喷薄四溅荡峡川。
三江直下苍瀛纳,疑是嫦娥舞袖绢。

冰莲花

潜崖钻隙绽冰山,霜剑风刀雪没肩。
纤叶迎宾身傲立,劲松百感笑无言。

梅雪

蕾抱千枝雪壮威,天扬银絮孕春归。
千条瑞气城独秀,化雨催苗草木辉。

春云

英黄卉碧采云魂,杨柳飘绒悗草根。
时客呢喃寻故旧,馨风馥气作嘉宾。

叹英年乞丐

粗茶淡饭不知愁,漫步长街上酒楼。
忽见英年成乞丐,心生寡欲叹摇头。

古稀华诞

五味佳肴每有吟,六轮华诞话知音。
蛋糕彰显秋枫貌,烛泪潸然枯木心。
设宴翻新如老酒,谋篇依旧若青衿。
儿孙尽孝祈长寿,知否初适第二春。

回林场话挚友

君在青山绿水湾,睽别未忘氧吧园。
同仁数访泉边会,挚友千言酒里含。
饭后呷茶聊往事,林边忆旧弃前嫌。
身居闹市何曾忘,脱却忧愁自买单。

天宝金街开业典礼

金街剪彩人拥挤，城嫂村姑步履急。
笑脸相迎货陶醉，随声指顾眼迷离。
财源广阔盈凭道，物价低廉赚靠积。
买卖亨通招顾客，苏城天宝写传奇。

商城即景

振奋民心事一桩，方兴未艾盛情扬。
千人络绎折枝悦，百货琳琅购物狂。
兼顾盈亏呈笑脸，权衡利弊吐衷肠。
银根粗壮城乡旺，市场繁荣古邑昌。

枫叶正红

秋翁胸有一腔血，辍笔难平火样情。
举步攀援玉皇顶，振翮欲做九霄鹰。
弘扬国粹心潮涌，恣肆人文杏苑耕。
冷炙残杯温馨墨，兼收俗雅慰平生。

回乡未忘谋篇

睽违别恋故人牵,携眷归根骋目瞻。
白发皤然思故土,童心依旧撰诗篇。
吃山种地黎民愿,立意谋篇墨客酣。
载道于诗情饱满,千篇一卷入琅嬛。

天意

霖抹风袭造化村,涂红扫绿恰知音。
千峰簇锦群芳艳,百卉凋零五谷芬。
旷野山禽寒果腹,华厅果酒暖含春。
四时转换通人性,恰是苍天一片心。

小山村

漫步林荫众鸟喧,犹如梦幻醉桃源。
含金福字头朝下,通电宫灯彩染轩。
马健猪肥花卉艳,人强志远心地宽。
和谐邻里同心愿,有脚阳春暖故园。

愚者思圆梦

平仄相牵伴此生,无须打点获微名。
心腾碧血笺横彩,墨泛芸窗画纵情。
大器无形君向往,俗人有梦笔耘耕。
师门忝列胸存愧,牢记醍醐灌顶声。

重回长白山

为遣相思又上山,峰高水浩境翻然。
心花绽放情添翼,草木扶疏鉴映天。
百瀑流峡冲万壑,独池放水涌千川。
睽违游子凌云傲,鬼斧神工我作仙。

千里省亲看望外婆

千里寻亲奔向巅,花妍草盛树参天。
足登山路风云伴,眼望柴门赐子还。
日久情深犬摇尾,睽违心切汗湿衫。
忽闻姥姥乳名唤,泪水潸然夙梦圆。

壮景消愁

白山脚下享金秋，临莅家园六道沟。
托塔红松枫掌炬，翻花绿水浪推舟。
云空鸟唤环峰舞，林海龙腾傍客游。
自许芳华缘母乳，心扉簇锦景消愁。

天作之合梅与雪

群芳贪睡醒来迟，百草长眠盼水滋。
刺骨寒风梅绽蕾，迎春花絮雪投汁。
相约纷至同为友，天作之合共入诗。
观者欢颜谱新曲，愿瞻绿叶抱繁枝。

有感瘦石师为弟子们诗集赐序

跋序纷呈笔底生，良师赐教最知情。
醍醐灌顶枝千秀，哲理传薪卉百精。
墨洒云笺满天彩，心怀弟子一壶冰。
璇石光灿东荒外，丰羽雏鹰掉臂翱。

感激玉质尊妹为儿献乳

乔梓尊崇化验师，白衣天使绰约姿。
贤妻生子乘鹤去，医士怀侄献乳汁。
救命襟期称玉质，助人心态作璇石。
有恩不报非君子，效仿功臣岂敢迟。

余家危难之际承蒙行善之人：
思念恩兄希顺以资相助

卑微困厄入学堂，自愧家贫苦断肠。
两肋插刀诚赞助，双眸含泪谢帮忙。
睽违异地情缘近，相聚同乡话语长。
噩耗传来心恨晚，对天呼号恸无央。

牢记齐英书记为余妻献血

平生牢铭君接济，救死扶贫受启迪。
贤内病危亲献血，家人身冷尔捐衣。
品格高尚才出众，心地温和爱称奇。
慈善相援不求报，忘恩负义惹雷击。

荷梦

萍踪天女路迷茫，疑入瑶池水一方。
翡冕颐飘胭粉雨，翠裙珠洒藕花香。
承平恬静蜂传子，宫阙伶俜柳作郎。
紫陌扶疏心并蒂，联姻何必问额娘。

登岳阳楼鸟瞰

名楼百丈水云间，奇异风格盛气宣。
沙鸥戏水渔翁怒，画舫穿梭佳丽欢。
草坪路上逍遥客，柳岸湖中倒映天。
何事惊眸惹凝睇，同仁横笔舞蹁跹。

游洞庭湖先雨后晴

霪雨霏霏扑面来，氤氲乱舞爽萦怀。
沙鸥振翅蹁跹呖，波浪颠舟跌宕摔。
红日显灵天下水，彩虹对映岳阳台。
仲淹子美魂犹在，华胄传承永不衰。

仰望怀甫亭

庄严肃穆怀甫亭，典雅玲珑画栋擎。
元帅玉阶题匾墨，方家丈蜀配联楹。
一生遭遇苍生叹，千古流芳玉帝惊。
天系洞庭云有泪，魂扬洛水气永赓。

登八达岭长城怀古

万里秦墙虎气扬，盘峰卧岭傲炎黄。
前赴后继民流泪，退虏驱夷气未央。
龙甲翻天维社稷，虎台射箭护边疆。
千秋战事人成鬼，孽债临门一扫光。

冒雪登岱宗

花扬齐鲁岳飞烟，皇顶朦胧霭没巅。
履踏冰阶余腿软，眸凝字壁众心坚。
巉松大礼迎来客，古帝雄文祷告天。
山借圣贤盛名远，人凭傲骨铸尊严。

有感蒙古草原赛马场

千里莽原绿释怀,茵毡铺地诱人来。
群芳绽蕾羊食草,万马脱缰套剪裁。
靓女能歌频起舞,猛男擅酒屡摊牌。
帐篷点缀遐荒彩,气势惊天壮九垓。

重游长白山（一）

千古洪荒未见衰,一泓圣水育良材。
三江浩荡峡川浪,百瀑喧豗涧谷怀。
风雨飘潇腾紫气,雪花漫洒净尘埃。
山崩地坼呈壮景,造化天人任剪裁。

重游长白山（二）

仰望奇峰异彩浓,攀援不借绳索功。
白山一座五云绕,绿水三江四海通。
游子凌霄人作客,腾龙泛浪虎称雄。
瑶池倒映归来影,抖落风尘探太空。

奇峰异彩

瑶池玉液醉崚嶒，扬瀑飞花涧壑鸣。
风雨飘潇洗屏蔽，霞云合沓蔚边城。
鹿鸣虎啸青龙舞，鸥鹬参藏绿水腾。
背靠危岩看天下，四时白雪世人惊。

龙江冬韵（一）

天鹅撒羽乱飞扬，瑞气蒸腾北大荒。
松佩银冠封二岭，花着玉带锁三江。
石油原木车承载，啤酒红肠路洒香。
乡雪冰灯畴蕴绿，招来喜鹊唤群芳。

龙江冬韵（二）

天鹅散羽缀边疆，银絮招摇舞大荒。
车载油香出二岭，橇飞玉镜跃三江。
冰城灯闪桃源景，雪域身披圣诞装。
龙塔凝魂花蕴绿，雄鸡一唱慰三邦。

巴彦镇新貌

古镇勃兴品位提,物博文盛两相依。
蓬莱仙境松江北,杏苑琼楼驼岭西。
马路通衢圆绮梦,牌坊挺立展菩提。
金街地下银根旺,文化公园笑解颐。

由哈飞京感赋

长空跨越驾鹍鹏,一线端连紫禁城。
云海沉浮飘过客,山河跌份看飞鹰。
犹仙坐卧心胸阔,着陆招摇印迹清。
魂魄同行升欲降,高官黎庶各争衡。

暴雨一瞬间

燠热忽凉雷惹事,骄阳变脸汗流颊。
风摇楼阙盆倾雨,浪涌街头苑落花。
车辆抛锚思父母,市民开阔望庄稼。
云赊空霁洪峰去,把酒压惊笑品茶。

梅雪之合（一）

香尘脉脉踏寒来，六角痴情五瓣怀。
风信无音千束雅，口碑有致百花衷。
群芳不必心胸窄，万木何堪意志衰。
四季难圆个中梦，勿须抱怨于仲裁。

梅雪之合（二）

群芳贪睡醒来迟，百草长眠懒献姿。
刺骨寒风梅吐蕊，迎春花絮雪呈汁。
相约纷至同为友，天作之合共入诗。
观者开心谱新曲，愿瞻绿叶抱新枝。

品味故乡情

红花绿柳劲撒娇，蝶舞溪腾过孔桥。
故旧重游含泪笑，亲邻相会抱肩摇。
老屯新主频酬酢，乡土名流屡犒劳。
岂料此行茶酒酽，千杯不醉夜赓聊。

光顾驿马山

鹰爪抓峰喙吐烟,凌云揽秀动心弦。
巉岩峙塔空中苑,雄殿环松世外天。
风卷平畴岚障眼,人攀陡径树擦肩。
灵台排闷花生笔,林海掀涛昊壤喧。

秋游香炉山

联袂攀援情趣浓,山风送爽顿拥胸。
澄池倒映天神景,峭壁纷陈鬼斧功。
手捧泉茗清澈绿,眸凝树叶橙酽红。
香炉无火黄昏灿,人醉夕曛梦在空。

游凤凰山即成

慕名前往寻凤凰,五彩霓裳美奂彰。
水潋山青骚客悦,松奇桦怪杜鹃香。
千畦泛浪无暇顾,六瀑斟杯作酒尝。
花苑云中人缱绻,五香大米誉流芳。

绿水潺潺

银冠仙女瀑披肩,胸酿琼浆举世酣。

拔地凌云汉鲜界,扬声回壁友于间。
参茸除患龙人健,虎鹿生风老外憨。
釜炖禽蘑食美味,三江圣水润桑田。

国界白山绿水

天仙对镜正当空,粉黛铅华玉液清。
俯首层峦林海涌,扬眉三水麓川横。
珍禽翥唳吟哦语,奇兽奔腾咆哮声。
南北和谐传友谊,一衣带水利双赢。

狼狈为奸

枪林弹雨炮飞花,嫁祸平民血泪加。
北美星条欲成霸,东瀛膏药想当家。
殃及四海凭身价,主宰环球靠爪牙。
魔鬼联合成孽债,民族独立傲天涯。

日美假慈悲

胡言乱语鬼磨牙，拐骗他人损到家。
纸虎身纹缠炮筒，弹丸淤血捂伤疤。
追随小丑成灰烬，指顾全球做警察。
弱肉强食应到此，靖邦亮剑亚非拉。

游五大连池火山口

山崩地坼火结晶，五镜高悬日煮蒸。
石海初凝涛浩渺，连池永固境空灵。
药浆泡体除杂症，风貌宜人献真情。
览客深思岂无虑，方家检测诚笃行。

清明拜谒烈士陵园

肃然起敬谒陵园，寒绿鹅黄颢露衔。
鲜花束束人抒意，热泪滴滴士洗颜。
学童敬礼拳宣誓，战士骈肩虎视眈。
酹祭碑前凝傲骨，扪心自问愧无言。

今日黄河畔

群山环抱巨龙奔，卷土冲沙大海吞。
咆哮千秋情未改，喧腾万里意尤深。
青天甘雨心牵挂，黄土苍生子谢恩。
放眼莽原河套处，前世血泪化祥云。

诚咏杨开慧

骄杨开慧女中魁，携子离乡举斧锤。
愿作润之贤内助，笑迎国事显神威。
板仓血染青松岭，华夏名留烈士碑。
另类明星追武后，惊雷一响梦成灰。

甘作电脑小学生

夜阑人静找人陪，电脑文盲不懂规。
孩稚出言嫌我笨，女儿指顾觉卑微。
三更老伴合衣睡，几卷诗书榻上堆。
月远星稀身未卧，台灯对映满天辉。

童趣北京天安门

霏雨空霁架彩虹,教室欢腾笑似铃。
师展白笺摊画板,生挥彩笔画京城。
天安门下垂髫立,金水桥前赤帜升。
光灿心扉圆稚梦,国旗脚下属孩名。

向日葵

花环缀冕扇相偎,昂首向阳馥气飞。
追日争光迎挑战,伴英吐艳做花魁。
头逢刀砍仍含笑,身入锅煎未生悲。
骨碎襟开香腻口,春雷破土梦回归。

冬蛙

冰封溪谷朔风凉,裸体无衣入洞房。
瞑目养神修正果,潜心入睡度阴阳。
虽生犹死寒冬冷,似醉如痴绮梦长。
夜幕天开重亮相,迎春击鼓任徜徉。

山庄雪

琼英沓至任风狂，日匿阴霾落大荒。
壑满畴平凇挂木，林荫路滞米盈仓。
雉鸡果腹何关尾，野兔空肠只顾腔。
人聚华厅醪取暖，阖家设宴话农商。

山城夕阳景

晓珠西坠绚霞飞，玉兔东升向日追。
远岫层云呈暖色，近楼垂柳抹余辉。
衣华工女披光返，肩重学童踏影归。
来去匆匆食为本，小城灶火煮香炊。

驼峰上下使陶然

苍山沃野树婆娑，驾驭层峦跨骆驼。
脚下风声畦里稻，林间鸟语耳边歌。
群羊啃草溪流涧，散马脱缰鬣振坡。
日沐茫原人忘返，扬眉吐气龙水河。

郊园晨光

昕光鸟语透林荫，鸟语花香树下人。
踢腿弯腰练筋骨，挥刀舞剑健身心。
荷池浪静白鲢跳，柳畔声嚣紫燕吟。
红日三竿人四散，洁工含笑送知音。

余之夜生活（一）

久伴昏灯影子单，深思苦索夜阑珊。
屠龙高手云泥阔，蒲柳豪情肺腑宽。
枯木逢春呈嫩叶，新荷入夏佩桢冠。
朝暾破晓君圆梦，汗到渠成墨未干。

鹰峰秋色

远眺秋眉五彩山，风摇锦叶雁征天。
峰托铁塔空中箭，寺裹香烟世外缘。
绿水飘花涅槃梦，白霜凋木养颐年。
云林展现音容貌，夕照群峦夜幕淹。

登峰圆梦

峭壁崚嶒鬼见愁，物华刮目占鳌头，
九霄汗漫风寒木，万岭萧森日暖秋。
林海沉浮掀骇浪，诗槎跌宕领潮流。
青峰错落风情酽，国粹丹青欲可求。

汉鲜同饮一江水

天池风水泻长白，舟舸争流雪浪开。
汉鲜有缘池酿酒，心胸无界谊萦怀。
取长补短双赢利，抗美援朝共免灾。
揽腕骈肩迎盛世，一衣带水两无猜。

双节一日餐

国庆中秋一日兼，华灯皓月天地间。
先人食饼驱夷馔，后裔推杯雪耻餐。
膏药白幡重挑衅，大刀红曲再宣言。
环球打擂无敌手，魔鬼登台有铁拳。

公园即景

池塘两岸虹桥担,亭榭婵娟笑语喧。
花卉香薰招过客,骚人雅聚侃诗篇。
青坪摆扇身心美,红伞遮颜情侣酣。
寻趣健身集散地,四时早晚舞蹁跹。

荷池寄语

轻舟泛浪吻红颜,紫燕穿梭菡萏园。
少女采莲飘笑语,秋翁把酒垂钓竿。
馨风撩水群芳梦,闲墨抒情并蒂缘。
玉出污泥魂未染,开合早晚共缠绵。

登阜财门欲作仙

金马扬蹄鸟蓊天,名车驰骋古城边。
闲人络绎西郊路,忙燕穿梭画苑间。
倚栋凝眸城外景,凭栏俯首水中田。
长堤环绕荷花绽,傲立门谯得道仙。

清明陵园拜谒张甲洲烈士墓

酹祭先行人肃立,春风料峭雨飘潇。
弹丸魔鬼侵东北,九域天骄卧西郊。
芳草长陪男子汉,青松永伴华夏枭。
雄狮咆哮英魂荡,碧血生花热泪浇。

省亲回乡

百里班车省故乡,参天杨柳映池塘。
红甍楼舍添新意,绿毯榆墙弃旧房。
荒乱年华多块垒,承平岁月无祸殃。
打工兄妹城中闯,盛世家园瑞气扬。

相逢恨晚

卸甲归田想得开,文房四宝展胸怀。
游山玩水纯寻趣,下海捞珠不为财。
两眼昏花身外事,一心明亮意中斋。
壮心不已诗坛立,重获新生笔不衰。

三春不如一秋忙

红牛铁马绕平畴,声震茫原唱九州。
地了秸光归净土,院盈仓满壮金秋。
鸡鸭猪狗撒欢叫,老鼠山禽泪水流。
粮豆装车人喜悦,四时战果一卡收。

校园之爱于是说

雏燕分飞泪水咸,友情难忘倍寒酸。
金枝碧玉凰失礼,故土园花凤结缘。
军旅生涯时有限,桑田度日岁无边。
红尘看透人生累,异想天开太简单。

漫游松花江大桥有感

凝伫凭栏悟逝波,征帆远去我如何。
每况愈呈时荏苒,途程依旧路蹉跎。
水渺云赊须自省,眼花口笨少评说。
防洪碑柱江堤立,溃坝原由鼠蚁多。

苏城诗萃咏

诗萃勃发一魁首，雅俗并蓄韵同舟。
屠龙高手梁园雪，丈蜀严师孺子牛。
墨浪掀潮拥彼岸，编辑流汗润芳洲。
大家风范天知晓，国粹方兴气势遒。

余之夜生活（二）

胸灯不灭五更寒，偕月抒怀酒壮言。
几粒珠玑光子夜，千滴汗墨润华篇。
诗潮鼎沸新声悦，翰羽飘飘古韵鲜。
血染夕阳霞灿烂，欣迎彼岸欲登巅。

盛名之下驿马山（一）

鹰衔铁塔寺生烟，林海扬波雾绕巅。
电视白楼送画面，少陵碧浪吻渔船。
烟波浩渺云赊去，芳草威蕤绿树牵。
幸得文人频喝彩，口占墨洒岭成仙。

盛名之下驿马山（二）

雨洗矶头分外鲜，石门对弈少棋仙。
少陵时有人垂钓，驿马无踪梦里喧。
视塔因峰呈傲骨，青松环寺袭香烟。
江北奇观迎远客，孤峰独秀须自谦。

霜雪寻伴

王母瑶池恐误期，飞花荡絮有玄机。
惧寒万物均含笑，送暖彤阳淡化凄。
风掠柴窠袭丽鸟，绦摇细柳荡琼枝。
晶莹剔透人间冷，自许芳华做嫁衣。

快哉余生

别过高堂兴致赓，欣逢伯乐获新生。
人凭气血诗凭雅，景靠风情赋靠精。
身入吟坛心有愧，花开意境语无惊。
严师鞭挞蹄飞跃，笔健格高器晚成。

十年磨一剑

十年一剑尽雕琢，素稿成山废纸多。
下笔常思怎成卷，谋篇每问何入魔。
虽无雅句同吟咏，但有俗言共唱和。
高手提携圆凤梦，拼博尽力莫开脱。

雪乡一瞥

琼花乱舞朔风狂，碧落无雷花卉伤。
壑满畴平凇挂木，林疏岭瘦谷盈仓。
雉鸡空腹何关尾，野兔无食跑断肠。
人聚华厅醪取暖，连篇大话任宣扬。

情笃岳阳楼

碧落缤纷水上舟，洞庭湖面呖沙鸥。
逝波缱绻先贤墨，胜境流连后裔俦。
简记希文十二镂，甫亭子美百篇酬。
快门频闪君留迹，老外擎机抢镜头。

余之夜生活（三）

秉笔爬格句不奇，搜肠刮肚似猜谜。
浓茶醒目烟熏指，冽酒提神汗浣颐。
水浅玑残磨脑海，情深意笃展心仪。
园丁浇灌刊留迹，老骥扬蹄志不移。

村头望故乡

桥头老柳最关情，千手扬绦笑向迎。
路侧高灯明肺腑，林中小鸟唱楼亭。
田畴稻浪飞青野，花卉鱼池映碧峰。
伫候村前凝故里，心存回报未成行。

自语

过隙白驹半纪惭，离庠奔命运无缘。
置身寒舍羁怀永，刮目世曹心志残。
卸甲云程舒倦骨，乘槎墨海劲扬帆。
心神淡定标格在，霜染青丝血沸肝。

西郊公园

柳暗花香异彩奇,轻舟排水泛涟漪。
白鹅亮翅游鱼跳,紫燕衔泥卧鸟急。
雨露涤尘莲脉脉,阳光热土草萋萋。
郊园不惧风加雪,四季迷人览客集。

长白山印象

异彩风云景斑斓,招来览客各陶然。
激情绝顶天然雪,惬意银池火焰山。
飞浪扬花峡喝彩,鸾鹰猎物我流涎。
奇峰脚下三江浪,气势高昂唱大千。

重回林场一日游

酒醉颜酡梦正香,雄鸣催我晓观光。
白云缥缈泉水涌,绿杪婆娑鸟语扬。
风扫云天松亮相,露凝果圃土滋秧。
欲说林场天然美,却是森工汗浸荒。

元旦登岱岳

攀援怯步履薄冰，涧谷崚嶒瑞气腾。
旷古绝伦呈傲骨，如今气壮展雄风。
驻足皇顶凝齐鲁，放眼晓珠看浪溟。
泰岳芳名赢世界，凭峰翘首眺京城。

农民安乐窝

清幽深坳鸟婆娑，花卉熏楼绿树多。
果圃招蜂针刺蕊，枝头登鹊喙讴歌。
鱼池选味烹炉灶，菜地择鲜涮火锅。
米酒菊茶香四季，蓬莱仙境安乐窝。

雪花沓至又一年

冻云雾化六出扬，花落平畴地换装。
山雀登门寻稻谷，村姑对镜试霓裳。
玻璃窗上霜花绽，花草盆中馥气扬。
机具检修银进账，除夕将至宰猪羊。

贪官宵夜嗟叹

酒海肴山气顶冠，送怀妖女舞蹁跹。
茅台半盏千杯汗，鱼翅一盘五亩田。
猫鼠飞觞情浪漫，娥眉揽腕意缠绵。
徇私舞弊仕途短，只要清廉不要贪。

本命年华诞

今朝华诞古稀年，重复天伦笑语喧。
热菜凉拼流口水，薄酒浓茶暖心田。
身心健在诗成卷，铅印长存土没肩。
枯木迎春生嫩叶，雪辞卯兔换龙颜。

雁南飞戏作

高风送客讨人怜，口唱骊歌弃锦川。
麻雀身微均胜冷，鸿雁体硕不宜寒。
横空一路真优美，着陆千程苦辣酸。
海角天涯云雪涕，抚躬身向愧无言。

黄昏荷园吟

一泓绿水半池丹，紫燕呢喃掠乐园。
树伴黄花藏俊鸟，堤镶翠柳映城关。
风携欸乃渔歌浪，露颢凄迷酒肆烟。
菡萏夕曛情坦荡，举杯邀月共婵娟。

赏月

凝眸古月伴云流，花镜多余两腿收。
桂树长生花酿酒，蟾蜍不老爪挠头。
嫦娥抱兔观盛世，鼠辈挥毫咏锦秋。
泼墨言情余圆梦，浓茶醒目夜消愁。

睡前欲圆梦

入夜三更燠未消，卿云漫步月招摇。
冰丝写尽柔声远，翠柳从容绰态娇。
书案挥毫驱块垒，身躯投影蕴风骚。
家人可晓心中梦，立意谋篇气正高。

松花江春韵

浩渺烟波叟钓闲,白帆片片泛漪涟。
江皋若障黏天阙,汀草犹茵铺地毡。
一带穿峡涛远去,百花争秀雁回还。
马龙车水虹桥渡,浪荡歌谣奔海湾。

驼峰走笔

跨鞍踹镫越林涛,碧浪滔天试比高。
相伴流云观胜景,欲偕翩燕翥云霄。
龙泉走墨文图雅,驼岭行风陆海骄。
花木扶疏迎宿将,提缰亮剑看今朝。

荷

一自开合柳伴堤,人群笑语泛涟漪。
白鹅振翅浮萍涌,紫燕呢喃布谷急。
粉黛飞眉情脉脉,孩童击掌笑嘻嘻。
无瑕翠盖贪婪色,出水芙蓉不染泥。

黄昏

夕阳如血染长空，光炙崦嵫煮翠屏。
天火燃峰迎夜幕，金风簇锦莅太清。
金乌霞蔚群峰黛，银鉴峰掬旷野明。
撕块闲云拭花眼，诗图并貌慰心灵。

登长城怀古

龙头汲水尾盘山，锁钥隘关肩并肩。
北嫁昭君胡进贡，南归蔡琰汉延篇。
张骞西域成青史，姜女沧瀛恸水间。
回顾陲迁多战事，珠联合璧靖人寰。

西郊荷塘春韵

郊湖启棹响春雷，雪化平畴现翠微。
紫燕剪开新画卷，彤阳洒下彩云辉。
经年共赏群芳绽，转瞬同临万象归。
红雨馨风凝颢露，明池菡萏展心扉。

拜灵隐寺感赋

跋地离冲隐半空，凭栏大殿叹葱茏。
垣如紫塞身依北，庙似红楼殿向东。
烟絮黏天迎远客，钟声撼岭诱群雄。
观音菩萨陶人醉，尘梦羁怀四海同。

菊

春夏芳菲化彩霞，阳春三月壮丹花。
退烧败火公英液，清目提神茉莉茶。
白雪凭梅呈瑞气，红莲靠扇展风华。
当仁不让金菊魄，何惧秋霜做大侠。

双节同日品饼吟

国庆中秋一日兼，红灯皓月兆丰年。
古人食饼驱夷馔，华胄飞觞雪耻餐。
膏药白幡重挑衅，国歌红曲再宣言。
雄狮怒吼无敌手，魔鬼临门一并歼。

双节夜礼花

华诞中秋大会餐,琼浆月饼敬椿萱。
红灯焰火灵台亮,航母银鹰陆海安。
虎踞龙盘谁敢惹,弹丸淤血岂遮天。
东瀛购岛雄狮吼,国富民强铁打山。

寻趣临荷池

翠柳环堤绿水塘,风吟蛙鼓笑声扬。
蜂叮金蕊寻香蜜,蝶舞公园作妙郎。
五彩流苏飘画舫,七情花影依树墙。
人头攒动歌一曲,纯粹诗词不敢当。

打工仔回乡寻女友

薄暮相约岂敢迟,投怀月下誓盟痴。
久别异地心情烈,重聚今宵泪水湿。
翠柳摇绦迎并蒂,芙蓉吐蕊羡双枝。
睽违千里心叠印,四目平行判若磁。

新村感怀

山花烂熳树扶疏，田垅平长路坦途。
浇灌无须银汉水，收割专用铁牛族。
茅屋留影堪怀旧，别墅乔迁莫忘初。
电脑荧屏观世界，新村如画彩突出。

中秋节赴黑山采蘑偶遇当年铁姑娘

林间邂逅铁姑娘，满面沧桑刻脸庞。
挂鬓银丝迎故友，挥鞭茧手牧牛羊。
青春创业标格尽，寒暑营林气质昂。
敢问大龄何不嫁，徐娘半老有谁相。

为铁姑娘喊冤

中秋邂逅老黑山，林道喜逢张雅兰。
巾裹银丝原处女，眉飞霜鬓做牛倌。
风华铁马扬蹄烈，半老徐娘度日艰。
可叹时光修未果，平生壮志化云烟。

登铧子山主峰

扶摇直上三铧刃,身傍危岩看鸟飞。
远眺层峦疑是海,近听涛浪误成雷。
深峡走雾风吹去,细水扬花树作陪。
料峭天风飘紫气,骈峰骄子沐金辉。

童心未改

相违两地故乡牵,走马观花万物鲜。
鹤发皤然寻父老,童心依旧仰先贤。
品茶吃酒家人愿,点种扶犁犬子难。
载物厚德情饱满,千言万语入琅嬛。

遣怀于故旧

故地闲居兴致添,爬山登塔鹤延年。
老妻作伴夕阳灿,子女相偎皓月圆。
拂晓林间展风骨,夜阑灯前撰诗篇。
山珍野味冰箱取,一醉方休笑枕边。

夏临太阳岛

太阳岛上客成群，五彩缤纷景物新。
柳翠松青坪上伞，花红酒绿岸边人。
山头落瀑风飘絮，浪底游鱼水跳鳞。
情寄长吟挥翰墨，云阁畅饮铁观音。

夤夜收信息

诗朋酒友玩手机，铃响无声看信息。
据典引经脱口秀，连篇笑话扯闲皮。
奇文共飨八方咏，妙语纷飞四处题。
看罢深思寻品味，班门弄斧太滑稽。

立驼峰咏烈士

攀鞍任镫似天骄，碧浪浮烟试比高。
血染云林留大地，魂飘林海荡青霄。
龙泉走墨文图雅，烈士流芳草木娇。
山麓群芳陪宿将，挥旗亮剑灭倭妖。

入冬忙春事

四时转换话衷肠，银饰红氅女画妆。
野雉山川寻落果，名茶陈酿笑飞觞。
玻璃窗上红双喜，电脑屏中紫气扬。
马放南山人选种，大棚育稻早插秧。

门前新修路

北郊新路解千愁，泥土无痕漫步游。
老眼昏花迎客过，童声嘶哑数车流。
炽光穿幕追罡斗，骧马摇铃响辔鞴。
功绩千秋留脚下，口碑永驻再鸿猷。

丁亥上元夜

云团掩月古城明，社火充街雪打灯。
四路声嚣长夜闹，五更扇舞爆竹腾。
祖孙携手同燃炮，姑嫂并肩共赏冰。
锅煮汤圆情欲醉，家园异彩各争衡。

雅俗兼收

对灯伏案问史书,欲想生发水不足。
立意无情多诟己,成诗歉韵少诚服。
文言选粹呈璇玉,白话雕琢变彩珠。
弟子规中曾有训,温柔敦厚任评估。

多彩驿马山

鹰喙衔崖紫气淹,山腰隐寺磬声喧。
雄峰铁塔云中立,帅水银鳞篓里翻。
浪泛平畴花似锦,车飞高速路如绢。
阳光沐浴心流彩,梦境斑斓悟大千。

宵夜步行街

傍晚风情夜幕间,路厢烧烤荡香烟。
椿萱羞口儿孙笑,俦侣欢言手臂牵。
火炙胸前舌品味,风吹背后嘴流涎。
鲜肴尝尽人留恋,星斗依稀皓月偏。

农村婚礼见闻

锣鼓喧天喜气扬,农家嫁娶讲排场。
花车列队人熙攘,名酒成箱客品尝。
革履西装憨小伙,婚纱玉佩俏姑娘。
百钞出手开怀饮,一醉方休入洞房。

穷乡僻壤新气象

代步班车访故乡,老屯无我换新装。
踌躇树下花滴露,漫步楼前鸟放腔。
欢快民生驱块垒,充实黎庶话吉祥。
土房马架无踪影,崇尚文明势未央。

华诞大团圆

子女成群作令尊,代沟深浅不留痕。
儿孙膝下偎依笑,茶酒堂前次第斟。
千里兼程庆华诞,四时购物尽孝心。
齐声高唱生辰曲,许愿无声蜡泪吟。

缄口吟

自古铜钟不自鸣，安得碰撞方有声。
甜言蜜语糖衣弹，苦口婆心护卫兵。
蚂蚁成群溃堤坝，小人广众毁长城。
久存疑惑何为解，半是糊涂半是精。

分道扬镳

曾记同窗左右席，犹如并蒂两相依。
情丝缕缕阳春雪，花朵萋萋连理枝。
奔命切磋无上榜，谋生进取有分歧。
随军南下成军嫂，分道扬镳泪水稀。

滕王阁小酌

久仰名阁沓至来，飞觞问墨晕赪腮。
闪光悬匾王勃序，画栋雕梁大舞台。
酒过三巡盅换碗，鱼香五味话开怀。
洗尘小宴凌云醉，男歌女舞颂九垓。

人老花应次第开

两眼浑浊笔未呆，文房四宝砚开斋。
璞玑磨砺星光闪，字句推敲妙语来。
古韵丝竹飘雅调，新声谚语净俗埃。
抒情言志雕虫技，人老花应次第开。

双节宴上

华诞中秋甲子缘，琼浆月饼敬先贤。
红旗焰火东方灿，航母银鹰陆海安。
掩耳盗铃扒手技，鸣金击鼓凯歌团。
雄狮立岸一声吼，旧债新仇一并还。

六十初度

六轮华诞雪压松，苍岭秋枫晕正浓。
光顾青山薰肺腑，耕耘墨砚慰心胸。
云程有憾余生了，岁月无痕力未终。
橱有玑珠光闪烁，诗林老朽童子功。

退休后第二职业

退休才觉披坚累,漫步田园上翠微。
清爽山风舒血骨,温馨境象暖心扉。
芸窗言志灵台拓,油笔抒情翰墨飞。
字句成行人欲醉,珠玑瑰玮闪星辉。

有感家乡之变

重踏家园倍觉羞,充馀忘却菜窝头。
碗装井水干唇吮,纸卷旱烟游子抽。
电脑开屏邀旧友,灶台点火煮珍馐。
家乡荤素饕餮咽,卸甲归田享晚秋。

阳春暴雪

搅天覆地艳阳哭,福祸难评二月初。
连作新冰刚铲尽,重茬大雪又推出。
公仆统领千夫勇,机链轰鸣百路呼。
玉帝惊心忙收尾,长街窄巷变通途。

瓜棚老汉

田头路侧架棚房,四壁通风缕缕香。
眼下频修慌花朵,脚前屡弄带瓜秧。
孰听布谷深天籁,欣睹工蜂采蜜浆。
口吞瓶酒夸海口,小葱抹酱气飞扬。

老汉卖瓜

挡风遮雨舍无梁,泥地潮湿酒暖床。
檐下棚边黄猎犬,脚前背后翠瓜秧。
皮薄肉厚凭您选,黑籽红瓤任品尝。
囊内空虚心记帐,登门拜访好商量。

秋游香山公园

离宫别苑树葱茏,古帝巡途驻跸踪。
鬼见峰高愁跨峻,人临堑阔怯横空。
水帘扬絮溪流澈,栌叶烧云昊染红。
昭庙静园穿雾塔,香山上下媚无穷。

夜临颐和园

昆明湖畔夜温馨，胜状依稀月撒银。
陛下行宫千点火，长廊画苑五洲宾。
铜牛卧岸凝今古，石舫颦眉恨鬼神。
一醉方休谢先帝，欢歌曼舞后来人。

夕照京郊荷塘

夕照京郊景致奇，烟浮荷塘掠涟漪。
觞飞亭榭琼浆绿，风净尘埃草木萋。
松柏参天身傍水，芙蓉收口晕呈颐。
游人络绎馨拂面，夕照章台五彩迷。

水上扬花

阆苑清幽岸柳垂，湖光熠熠彩云飞。
俊男挥手分波泳，靓女欢声振臂追。
快艇穿梭风泛浪，轻舟欸乃水争辉。
香熏过客心情悦，一醉方休愿作陪。

端午郊园即景

万木扶疏景盎然,葫芦蒿草各争妍。
姑娘疯抢荷包串,老妪深思酒菜单。
布谷声中人起舞,粽食摊上口流涎。
香熏览客情豪爽,暾沐端节绮丽园。

登山采风吟

诗俦酒友绕山梁,路窄车长绿满窗。
鸟唱氧吧人起舞,花熏灵境气飞扬。
清风送爽灵台悦,溪水浮岚草木芳。
凝伫危岩云写意,挥毫洒墨沐彤阳。

长白山即景

釜酿琼浆底火烧,洪荒依旧展风骚。
奇峰会意迎欢笑,圣水言情慰寂寥。
草木葳蕤舒望眼,云霞灿烂驾虹桥。
天成壮景人之傲,愿共名山试比高。

辛卯初度

与妻对面梦来迟,入镜惊眸偶感痴。
奔命争雄天变暗,谋生觅趣日偏西。
心仪多事无暇顾,霜鬓疏丝有所知。
四眼昏花凝盛世,彤阳夕照亦成诗。

严师赐晚宴

尊师设宴酒萦情,受宠诗徒感慨生。
口入珍馐犒孺子,耳闻睿智送辰星。
玑璞多疵千回砺,雏燕丰翮万里征。
精邃融浆情四溢,醍醐始悟月华明。

临江渡口偶遇同窗

边城把酒任疏狂,醉了同学醉了浜。
点浪银鸥迎远客,穿波快艇拓心房。
香风凝意杯双盏,热泪言情涕四行。
绮梦云程成泡影,重温故地叹夕阳。

公园小憩

凉亭落座与人聊,草木成荫暑半消。
荷立污泥迎翠柳,舟飘绿水过虹桥。
无暇琐事心仪净,入望群芳蓓蕾娇。
一览公园风送爽,茶寮酒肆任逍遥。

乘机者心声

展翅雄鹰碧荡腾,依窗俯首赏丹青。
眼前云海灵台亮,脚下江河玉带明。
天路横行心忐忑,骊歌轻唱耳轰鸣。
机人魂魄成一体,足踏舷梯惬意生。

三秋田野景

不引蜂蝶枉自狂,绿微旷野换时装。
夏看绿叶畴披锦,秋佩黄裳体换装。
答谢长天赐甘雨,酬劳汗水洒辉煌。
霜抹金秋农夫愿,含泪珍珠彩满乡。

后勤部长之烦恼

酒家夜里运亨通,接驾迎宾懒做东。
虚与委蛇言不乱,实存无奈面从容。
官银互补香醇液,利禄双赢腐朽风。
食欲方兴情未艾,无人待见谁苟同。

老马啃夜草

余伴台灯背共弯,深思苦索夜阑珊。
屠龙高手生花笔,浦柳愚人落汗颜。
辞海寻珠骥食草,诗书选粹彩明轩。
昕光透牖舒筋骨,满室芬芳墨未干。

采风香磨山

驱车造访香磨岭,身佩诗囊步履疾。
老迈凌峰形百态,妙龄笑靥媚千姿。
山庄脉脉迎才俊,嘉木萋萋莅大师。
潺水扬花滋瘦土,高风送爽恰冰丝。

余之心声

杏苑情臻汗漫游,剑磨利刃未摇头。
文言选粹词生雅,白话抛光语显优。
枫叶缠霜呈睿智,草根食土焕春秋。
愚人莫道生机少,逆水扬波彼岸求。

致建党九十华诞

七一华诞九十年,逐蒋降倭血染幡。
流汗工农评硕果,倾心将帅挽狂澜。
科学开创新天地,国力充实盛世篇。
四代丰功垂史册,鸿猷再现傲尘寰。

卸甲赋(一)

旅途已过万千关,屡做嫁衣吾不穿。
年少征程情似火,暮秋卸甲貌如仙。
彤阳西下留红彩,皓月东升照黛山。
陋室清宁心谱曲,雅俗并蓄笑拂弦。

卸甲赋（二）

岁月重生老朽狂，淡泊五味品书香。
发疏偏爱新声韵，茧厚爱宜古韵章。
史典身边听指使，毫笺灯下暗思量。
童心不改夕阳灿，枯树发芽傲自芳。

卸甲赋（三）

城北相栖树傍房，身栖陋舍任清狂。
闲窥国道车驰影，仰望城门彩绘梁。
以往无歌听鸟语，而今有蜜酿琼浆。
醉吟应是承平曲，珠洒田园兴未央。

营口行晚宴（一）

珠光翠彩壮秋枫，建树吟坛紫禁城。
跋地东溟迎海浪，扎营西市挑旗旌。
同仁泼墨江南韵，泰斗欢歌塞北风。
骚客云集临晚宴，月刊化作引航灯。

营口行晚宴（二）

岸嵌明珠杏苑魂，月刊设宴谢同仁。
欣逢倍感辽河媚，邂逅深知翰墨亲。
谦赠兰章兴国粹，谨呈名片换诗文。
千杯不醉秋枫唱，众喜沾沾渤海滨。

《诗词月刊》师生共游渤海湾

月刊诗友渡渤瀛，难解燕京未了情。
营口相逢迎笔友，华厅荟萃聚精英。
辽河彰显人文彩，渤海纷呈国粹经。
酒泛诗潮杏园浪，鸿鹄振翅胜雄鹰。

忆亡妻

闺中佳丽嫁庸人，误入寒门少饷银。
廿载清贫同苦乐，半生风雨共劳辛。
女多子少常竭虑，心系双全怕断薪。
尔我无缘凰命短，黄泉挥手向知音。

一衣带水

山崩地坼四时风,日炙银池御液蒸。
瀑挂危岩林海涌,溪流峡谷屏蔽应。
珍禽翥唳和谐语,猛兽飞腾吼啸声。
水绿邦邻昌汉鲜,一衣带水利双赢。

打工仔心声

隔山隔水不隔心,侬在京都妳在村。
含泪月台风刺骨,凌云吊塔汗温身。
四时不共鸳鸯枕,半载睽违父母亲。
入夜无眠喝闷酒,梦中携款会知音。

去大庆观油田

凝眸千里草茫茫,平地如茵牧马羊。
四季作揖频叩首,一城簇锦任倘佯。
输油管道埋厚土,湿地澄波润百乡。
眼见为实心落地,盛名天下可安邦。

闲侃驿马山

鹰唳巅峰喙吐烟，凭栏俯首侃山川。
巉岩举塔云霞酽，古刹扬尘施主虔。
身坐石墩棋对弈，笛鸣耳畔路铺绢。
风吹林杪心飞浪，胸臆直抒昊壤间。

秋风送佳音

金风飒飒觅知音，霜酲流霞紫陌醺。
树杪丛中黄与赤，香尘根畔魄含魂。
虚怀天地因胸阔，细品田园赖谷芬。
黎庶承蒙天赐祉，甘雨飘潇意情深。

余生性僻

端砚耕耘日夜辛，平生性僻恰诗文。
倾心翰墨寻情趣，漫步山川觅境魂。
举目凝窗五更月，展臂开门向朝暾。
台灯关闭东方亮，喜鹊登枝布谷吟。

贤妻六十四岁华诞

四十年后小华姑，好个知青变老妹。
龙卷松花寻鹤梦，牛嚼稻草匿寒屋。
风尘半世何言苦，烟雨平生兀自舒。
赵氏家门人鼎盛，相逢恨晚酒一壶。

写给小师妹

深闺幽苑寄黄泉，薪水低微度日难。
泣诉前缘频拭泪，欣观贵胄屡化钱。
潜心炼意玑珠赋，以墨抒情茉莉篇。
乔梓传承交替早，虚怀绮梦泪湿衫。

黄鹤重归黄鹤楼

仙鹤未忘蛇山阙，重归故地往事羞。
湖水临风波潋滟，轩廊绘栋韵春秋。
江城不怪萍踪害，花卉尊崇永驻鸥。
骋目楼台看天下，敢同五岳傲昂头。

黄鹤楼

江城美誉九州传,远客国人惬意添。
鹦鹉学舌声古怪,蛇山咏唱韵犹弦。
长途跋涉千秋客,碧水飞腾万里帆。
今古骚人挥妙笔,风光独特品牌传。

登黄鹤楼口占

盛名天下傲凭楼,三镇桥连入镜头。
万种风情骚客咏,千层寓意庶民收。
雕梁画栋赢天下,金碧辉煌媚九洲。
受众缠绵寻住宿,山珍湖味鹤成俦。

望月思

腹议炎凉目透窗,撩帘问月语忧伤。
姮娥对酒流咸泪,玉兔捣石煎苦汤。
心理医生疗脑病,偏方火罐治脓疮。
天宫也有疑难症,何怪人间鼠疫猖。

登桥看江上风光

凝神俯首看江涛，快艇扬花似雪橇。
风鼓白帆人泳水，烟浮绿岛浪濯礁。
银鸥翻舞波掀翅，画舫颠簸桥荡绦。
朱雀钻天云洗礼，一尘不染自清高。

踏春西郊赏荷

慕名纷至目睽睽，初醒清池菡萏归。
寒绿复苏迎夏彩，鹅黄摇曳钓春辉。
开年共品群芳味，转瞬重温万物威。
天赐良缘观胜境，钟情仙女展心扉。

鸿鹄萍踪吟

鸿鹄寻梦换轻装，洒落绒毛缀大荒。
胸臆白山离二岭，心存黑水恋三江。
风云叱咤鄱阳近，日月飞驰昊路长。
四海为家情缘爱，天鹅昂首诵龙乡。

村庐夕照

崦嵫迎日霞抹天,深坳村庐袅袅烟。
缕缕馨风飘院落,滴滴颢露润摇篮。
山陂亭枝披夕照,汀岸擎竿钓夜帘。
一幅丹青憧憬卷,珍馐荟萃口流涎。

谒郊园烈士墓

碧水清澄浪亦奇,芙蓉洒露共涟漪。
鲜花束束人抒意,热泪滴滴血化诗。
英烈长息寒骨墓,学童屡谒感人师。
四时络绎风流客,酹祭碑前酒千卮。

强国中兴路

三代精英碧血流,朱毛泥腿誉千秋。
舍生奔命安天下,捐骨为民铸九州。
膏药一贴幡阕雪,丹毒五害疫抬头。
目睁棺椁神魂怒,忘却先贤气煞俦。

读瘦石诗词感赋

三卷诗词笔有神,心生丽句韵惊魂。
步贤李杜承先导,仰慕苏辛继后尘。
半世激情呈大爱,一身傲骨嗤私心。
传奇璇玉擎旗手,国粹升华九域钦。

池汀赏荷

燕掠粼波靓仔迎,百花无日不相争。
放舟难忘苏辛语,秉笔贪婪李杜风。
莲子镶冠头映水,藕根卧底土埋茎。
娉婷玉立传佳话,绰态颐赢览客情。

北京奥运

北京奥运势连天,火种鹰传玉宇间。
东亚病夫成好汉,炎黄子孙傲尘寰。
五环旗下和谐笑,三色肤中友谊兼。
华夏精英生霸气,金牌榜上美名悬。

鸟巢

胸怀寰宇势超凡,敢与珠峰试比肩。
情系五洲迎挑战,谊存四海意投缘。
名扬三界荣先祖,威震先行傲九泉。
一抹病夫屈辱泪,空燃圣火靖无烟。

登峰望寺

车绕人攀百仞巅,凝眸万绿岭蜿蜒。
流霞彩抹危岩壁,落瀑花腾涧谷川。
客伫高崖听鸟语,僧敲铜磬诵禅言。
神魂颠倒鳌头占,把酒飞觞醉九天。

劫后上大学

劫后僻壤寄青春,面对桑田步后尘。
陲草疆花迎乳燕,绿禾黑土遇知音。
荷锄未改书生志,睡梦牢铭百姓心。
喜得通知庠录取,成名重做乡下人。

汗雨同归

欣听天籁夜三更,展卷临灯目不停。
把酒飞毫心立意,观花点露蕊滴情。
甘霖洗路灵台净,陈墨经风世道清。
汗雨同归成一统,天人共铸晴霁峰。

中秋夜思夫

蟾宫桂酒漾星天,月下痴情倚牖边。
杏眼穿空凝玉兔,醇醪入品醉婵娟。
春心缱绻身犹倦,桃面留连泪渐酸。
留块香酥寻匿处,手机通话语缠绵。

小城黄昏

彤阳欲坠绚霞飞,双燕栖巢敛翼偎。
天际彩云烧黛岭,城厢丽瓦镀金辉。
衣华工女披光返,肩重学童踏影归。
夕照黄昏城愈媚,万家灯火煮香炊。

秋雨夜思君

秋临暮雨夜牵魂,风冷尤思梦里君。
电闪长空见昆影,雷鸣碧玉动春心。
阿哥海量擎杯醉,小妹胸狭抹泪纷。
狂喜手机铃悦耳,恭听千里荡知音。

幼别鸭绿江

汀立亲邻鬓发白,送余远渡为成才。
凌空仔燕虫丰羽,负笈孩童泪洗腮。
水陆千程风退乳,烟波万里母牵怀。
征途跌宕扬帆去,回敬家乡坐马来。

乡书

闲斋目睹远来鸿,故旧依稀在梦中。
共钓江湾鱼跃浪,同观峻岭瀑飞虹。
时光留迹童颜淡,日月跟踪鹤发浓。
笔墨长笺余嫌短,莫如千里会秋翁。

旅居大连思乡

锚抛名港呖鸥迎，下榻星楼系草棚。
俯瞰波涛形稻谷，尤思鱼米状虾鲸。
身居闹市乡情扰，浪浸毫锋逸气生。
耳畔笛声催入梦，犹闻鸡叫唤渤瀛。

塞北金秋

霜冷荒原草木衰，风摇苍岭五花开。
柞枫幻化枝燃火，稻谷翻腾穗撞怀。
诸葛调茬沿垄去，神童储籽待春来。
四时转换催人进，劫后新篇任剪裁。

春到农家（一）

鹊鸣篱院报春归，冰挂椽头塔倒垂。
棚内人勤蕴绿色，门旁联配闪金辉。
手机奏乐销苗种，电脑传文购药肥。
谷雨多情天地动，开犁破土滚风雷。

春到农家（二）

篱园蔬绿树披纱，鹊领蜂蝶谒万家。
萼裹翠珠牵嫩蕊，枝擎翡玉展红霞。
垂髻捧蕾双唇吻，皓叟衔烟百感发。
院内飘香墙外醉，萦怀花卉馥无涯。

小屯大气

往来车水路盘山，松柏长青舍傍川。
鸟语馨风蕉稻谷，卿云澍雨共婵娟。
农林牧副频出口，粮木牛羊屡记单。
经商双惠凭诚信，致富康庄不忘天。

残疾人修鞋匠

身悬轮椅代足行，闹市门旁借地营。
锤落残跟钉固底，针缝裂口线规形。
殚精劳瘁心恬静，竭虑途艰路不平。
诚告俦君行正道，免得履后落纷争。

寄语枫

枫林绿尽百花伤，秀岭萧疏叶炙霜。
燕剪残云寻故地，枝擎火炬染遐荒。
曾因蓊郁丛荫爽，再叹山事野果香。
代谢枯荣循四季，兴衰复始种成梁。

游八达岭感赋

龙腾虎跃半球环，跋地黏云吻昊天。
缭绕狼烟炙胡马，连绵铁壁暖中原。
无敌寰宇千族睦，旷世承平万庶欢。
垛口磨刀生骨气，中华脊脉九州连。

护林老人

月朦林谧露滴梢，蛙鼓虫鸣岫静涛。
茅舍窗明腾热气，蔓藤树暗奏寒箫。
茧足巡岭迎朝日，果酒酡颜度夜宵。
老伴缝鞋陪看报，光生烛泪芯燃烧。

秋眉

金风送爽雁征鸣，五色秋眉染太清。
山麓青松听落叶，枝头野鸟叹飘英。
铜铃响垅吟丰曲，金塔披纱诵富经。
花林凋零留种果，涅槃鸾凤化精灵。

师给力

新声古韵伴征途，卷帙频翻饱眼福。
冷炙残杯充肺腑，红心碧血做诗奴。
推敲炼句茶三盏，砥砺谋篇酒一壶。
大器无形师给力，霜蓬铅印誉悬殊。

读棋

房前柳下细端详，将帅无声斗智商。
韬晦三思敲弈子，屡听众议展锋芒。
棋逢高手凭绝技，面对帮腔惹怒光。
沙场输赢无定数，风云力挽见柔刚。

雨后洞庭湖

细雨丝丝扑面来，烟波浩渺雾盈怀。
翔鸥戏水红莲笑，飞棹推舟碧浪排。
空霁云赊天下水，气蒸日沐岳阳台。
风情逆转心愉悦，绝唱吟哦韵未衰。

香炉山游记

联袂攀援未放松，高风洗礼步从容。
凭峰笃爱天工意，骋目恭迎鬼斧功。
山麓溪弹管弦乐，云端鸟唱林海龙。
香炉无火心头热，汗漫丹青入望中。

铧子山印象

三铧鼎立刃冲天，溪水湍峡薅鸟喧。
斧剑劈成千仞壁，天人建缮万重山。
无边林海芳菲嵌，隙地参娃草木淹。
胜境空濛情笃厚，树高杪绿氧吧宽。

苏城重吟

古邑勃兴品位提,物博才俊两相依。
蓬莱仙境松江北,杏苑琼阁驼岭西。
车水奔腾缘盛世,牌坊耸立现菩提。
商城地下财源广,文化公园笑解颐。

乘舟梦游鄱阳湖

彭泽湖上气息盎,风曳衣襟浪浣浜。
挥手牵纲鱼撞网,乘舟把酒客飞觞。
渔兴九镇黎民裕,水载千秋候鸟昌。
心悦诚服食美味,飘飘入梦醉鄱阳。

登天下第一关感赋

凭栏骋目海山横,览客不绝撞踵登。
龙脊磨刀生骨气,烽台燃火展雄风。
炎黄大印先行镂,华夏鸿图后裔铭。
碧血流芳人换代,城垣万里化长缨。

瞻仰毛主席遗容感赋

纪念堂中卧巨星,鲜花含泪咽悲声。
朱毛亮剑三山倒,泥腿夺权九域兴。
力挽狂澜歼孽债,运筹帷幄救苍生。
炎黄华胄铭遗志,紫禁城中旭日升。

只语人生

人生似火化灰烟,奔命求荣为哪般。
紧握双拳哭落地,松开十指笑归天。
悲欢胜负何须怨,富贵清贫似等闲。
但愿此行无憾事,神宁气定梦陶然。

点赞北京奥运会

三皇五帝笑开颜,当代臣民举五环。
东亚病夫名雪耻,炎黄龙子誉升迁。
乒乓案上球开路,水立方中体静澜。
火炬燃京照天下,金牌绝顶耀尘寰。

自娱

卸甲身轻特放松,上班不再路匆匆。
身居陋室红尘曲,墨洒襟期绿意浓。
步履文坛诗萃苑,徜徉山水广寒宫。
闲来把酒青莲士,忙里偷闲子美翁。

太阳岛风情

燕剪粼波一棹行,百花无日不相争。
凉亭会客文君酒,云阁言诗李杜声。
莲子镶冠头映水,藕根卧底土埋茎。
芙蓉玉立娉婷女,绰态相迎览客疯。

纪念堂瞻仰毛主席遗容

韶山冲坳日泽东,成缕昕光退霭空。
一代朱毛燃火种,万方泥腿变枭雄。
红旗漫卷农奴戟,碧血频敲警世钟。
星火燎原迎盛世,陨星永烁水晶宫。

驼峰岭凭眺

倚峰俯首豁然开,足下轻岚绕陡崖。
日照松林生紫气,风鸣稻浪坦胸怀。
溪流泉水滋禾土,涧吼蛟龙撼月台。
双手拨云观五彩,驼铃伴奏赵公来。

游西郊临雨

天公挥剑雨狂倾,威震城池鸟兽惊。
河汉迎雷龙治水,田畴叠浪稻生风。
芙蓉滴泪舟栓柱,水榭飞舫燕剪萍。
童仔凉亭拍手笑,渔翁稳坐不离汀。

山姑春牧

曦光透树雾环峰,立马圈羊踏草坪。
山兔听歌鸟亮嗓,杏花绽蕾叶藏蜂。
白云滚滚农家梦,碧浪滔滔庄户情。
鞭甩长空声悦耳,山峡涧谷荡回声。

重回龙泉林场

难忘昔时沓至来，身悬高塔看兴衰。
凝眸林海声悦耳，俯首松涛浪涌怀。
料峭山风人抖擞，崚嶒屏蔽境幽哉。
睽违数载情未少，祝愿龙泉润九垓。

只为寻趣

新书残卷伴征途，橱架常开饱眼福。
老酒浓茶研素稿，芸窗至宝伴征途。
新风万象千枝秀，古韵千篇两手掬。
一剑十年不成器，精心翰墨少孤独。

雪乡一日游

江鸥海燕觅潇湘，淑女才郎换厚装。
彩扇翻飞迎贵客，华灯闪烁映洪荒。
房檐垂乳流涎水，厨火飘香品酒浆。
野雉榛蘑姜揽味，大妈设宴似亲娘。

入仙境长白山

凝仁熔岩并顶齐，身依雪岭雾轻移。
鹰翠林海擒食去，瀑落悬崖泛浪急。
虎啸丛林声气壮，参荣药典效神奇。
三江甘雨云程远，绿水白山一并奇。

冰雪无情人有情

南国少遇雪迎春，景美一时祸降临。
铁轨停行空断线，汽车搁浅路屯人。
主席挥手军民奋，总理关心骨肉亲。
众志成城多壮士，全民奋战见精神。

金城会宁遗址

女真顽首建王朝，宫驻会宁挫宋辽。
汉将挥戈骧马退，金幡焦土帝皇逃。
烽烟聚散迁都去，风雨飘萧战火交。
兄弟争雄何必战，宏图大展靖为高。

放纸船

手工折纸燕蹁跹，下水逐流顺细涟。
雀跃孩童拍手笑，休闲老叟跷足观。
潺湲无浪花为桨，料峭微风翼作帆。
稚趣翻然情志远，海军帽上带飘船。

夏游大明湖

燕剪芙蕖柳系烟，湖汀阳伞擎钓竿。
挥刀髻叟春风舞，入水婵娟玉臂翾。
茶点凭亭吟换盏，画舟泛浪笑逐颜。
游民莫怨明湖浅，骚客如云赋满船。

夏游趵突泉

漫步泉城莅趵突，双龙治水口喷珠。
长青古柏滴甘露，澄净明池映倩姝。
情窦常开花巷雨，溪流广绕济市区。
凭栏醒目诗题古，犹入蓬莱蜃影出。

鼠年除夕杂咏

家人团聚夜迎新,满汉全席品素荤。
历史兴衰文有迹,明星闪烁月无痕。
花腾霄汉毛毛雪,户守钟馗扇扇门。
迎鼠辞牛该问罪,孩童发指愿刨根。

读史有感

战火硝烟少靖音,龙争虎斗到如今。
荒原埋骨留青冢,遗址铭碑祭亡魂。
血染长城烽垛火,泪浇九域庶民心。
忠奸功过谁兼论,彪炳雄文定假真。

祝贺"两会"圆满成功

三月精英汇北京,会堂内外掌雷鸣。
主席指引圆心梦,总理筹谋创业经。
代表发言参国是,委员献策惠民生。
倡廉反腐歼蝇虎,盛世和谐万古兴。

晨练吟剑

荷潭映柳径幽深,坪聚华衫鸟呖林。
剑若游龙缨亮彩,身犹飞凤目藏神。
昕光发箭蚊失魄,利刃撩风鬼断魂。
频献花招聆赞语,莫因功到误伤人。

航儿赴南非求职

喜同伯乐运相连,比翼鸿鹄跨浩天。
龙脉蜿蜒云拭目,家人牵挂泪濯颜。
凌空眺岳寰宇渺,入海飞舟海水宽。
心系长城黑土地,雏鹰横渡亚非间。

晚宴龙塔鸟瞰

夜游高塔月当舟,宫阙飞觞醉客俦。
灯海笛鸣喧闹世,江桥龙吼震芳洲。
剑穿霄汉群楼渺,酒洒星空万籁稠。
情溢冰城观甸禹,凭栏旋转笑声道。

夜读

凉风天籁夤夜深,伏案迎灯佬骨人。
意笃云笺连日月,情萦素稿塑乾坤。
史书新旧明今古,岁月沉浮辨假真。
学海无涯求胜境,儒生杏苑遇知音。

贺国友兄《丹枫夕照》付梓

霜林秋眉泛紫烟,虬枝挥炬焰熏天。
阖家勠力梁园雪,老幼同心杏苑璇。
耄耋幡然枫落句,韶华依旧韵流丹。
方兴未艾屠龙手,大器晚成心梦圆。

步行街夜市

游客喧哗雾气淹,路厢烧烤炙楼兰。
椿萱羞口儿孙劝,俦侣欢颜手臂牵。
火暖良宵舌品味,香熏夜幕口流涎。
佳肴尝过人心醉,星斗依稀皓月酣。

感悟大庆油田

天然湿地草茫茫,大庆精神四海扬。
四季作揖合叩首,百湖掀浪客观光。
石油管道通天下,燃气开闸向康庄。
眼见为实心沸血,盛名卓著再弘扬。

村姑驾机插秧吟

农家姑嫂似春妞,头系纱巾浪上游。
身后插秧苗入水,眼前掌舵燕追舟。
柔风送暖畦中立,笑语驱寒坳里收。
绣锦山庄呈美奂,余粮入库唱金秋。

梅雪缘

蜜友相逢分外亲,红梅献媚雪开心。
高空风里花万朵,僻壤怀中火一身。
万蕾溶茶七窍醉,六出酿酒百罎醇。
双英媲美群芳愧,千古情缘永世吟。

登铧子山顶峰望而怯步

险路缠山曲径斜,白云深处峙青铧。
清泉岭下溪湍水,山涧池中鹤伴鸭。
引路招牌披蔓草,导航野鸟唱巉崖。
身旁松鼠何言惧,眼望红肠感物华。

登山踏青

山花扬絮偎树根,跃上巅峰伴鸟吟。
风雨飘潇听阔论,云烟浩渺撰诗文。
扶疏草木千层浪,错落崚嶒五色云。
摇扇驱云挥妙笔,丹阳喝彩唱乾坤。

雪夜山庄

轻盈飘洒六出花,夜静窗明树挂纱。
万种芳菲魂入梦,百科禽兽体寻家。
珍馐桌上琼浆液,醇味杯中茉莉茶。
大话粮丰心淡定,千巡不醉侃桑麻。

双英并蒂吟

契友重逢并蒂心,暗香瑞气会知音。
低空风里花千朵,深坳怀中火一盆。
五蕾溶茶双目亮,六出酿酒百罈醇。
红白相衬青霄艳,留取诗情万古吟。

圆梦岳阳楼

莅临膜拜已白头,胜状巴丘逸气遒。
览秀凝眸天下水,擎毫问墨第一楼。
洗尘把酒凌云醉,留影扬帆踏浪收。
风月无边呈画卷,推杯换盏解千愁。

有感弱智姑娘拾荒

走街喊巷语缠绵,一把长钩废物翻。
低保扶贫增饱暖,自食其力做婵娟。
偷摸不属勤劳女,施舍难扶懒惰男。
暴富成眠多恶梦,平生贵贱莫思贪。

颐和园

昆明万寿景无瑕,玉帝行宫驻跸衙。
翠柏苍松花烂熳,长廊画苑彩流霞。
章台柳下金牛卧,石舫亭波手臂划。
军费民膏堆胜境,得名天下第一家。

游巴彦港临江公园

伫候江堤看浪急,游人席地品鲜啤。
凉亭倩影秋波送,画舫流苏载客移。
帆舸穿梭旗漫卷,江波潋滟鸥互嬉。
象鼻食草银孩舞,骚客吟哦受启迪。

雪后荷园

雪落郊池紫燕无,浓妆素抹芰荷枯。
青松盖顶白杨瘦,水榭连桥过客疏。
鸟唱清枝眼含泪,舟拴锚柱橹歇屋。
寒风凛冽萧森柳,蕴育天机待复苏。

游郊园

闲步池汀惬意围，波光熠熠晚霞飞。
情俦揽腕双唇吻，雏燕寻巢比翼追。
画苑虹桥相媲美，芙蓉灯火各争辉。
依稀胜境倏然暗，方晓天庭夜幕垂。

逛庙会戏作

香烟缭绕荡山腰，头顶蓝天日昭昭。
信手裁来云几朵，开机录取彩千条。
横江叠坝波澜涌，扬水飞舟舰舸飘。
最是观音投币处，玉瓶铜臭假清高。

遣怀香炉山

杖弃巅峰腿脚乏，白杨紫椴笑扬花。
折扇开屏风送爽，拨云把酒雾流霞。
留影还须快门闪，飞觞求助诗弟呷。
香炉迎客凭灵境，意象激情正焕发。

贺祖国六十华诞

雄狮甲子迎辰诞,龙啸东方撼九霄。
船越三洋凭舵手,誉赢四海赖朱毛。
龙腾禹甸昌华夏,凤落梧桐胜天骄。
时遇世行日夕下,敢言劫后更风骚。

读书吟

登峰下海度余生,捞取珠玑欲望升。
沙场硝烟文载道,宫庭玉玺印传经。
千番汲取知初晓,百史皆收理渐清。
博览群书传古韵,抒情言志作精英。

习诗感赋(一)

书山墨海慰苍生,耀眼珠玑判若星。
国粹人文凭妙笔,芸窗翰墨铸精英。
倾心百问情尤旺,瞑目千思意渐清。
七彩人生光再现,儒家杏苑正勃兴。

习诗感赋（二）

珠玑璇玉价飙升，雅韵柔声洗耳听。
草木千条花怒放，霞光万缕彩纷呈。
浅思难解先贤意，深虑谙达卷帙情。
有幸羊毫挥翰墨，群星闪烁六合明。

晚宴师徒共成诗

才俊相约雅聚楼，春风拂面口流油。
呷茶口占声如水，把酒心开话若牛。
师长出题频授意，儒生炼句屡摇头。
情氛皱纸联成偶，蓦尔云台共唱酬。

雪壮北大荒

天鹅南下换霓裳，抖落绒毛暖北疆。
花盖红松呈紫陌，凌凝黑水笑遐荒。
龙携煤木车飞雾，虎驮粮油路溢香。
啤酒红肠馥天下，任凭采购好商量。

仙女相约广寒宫

姮娥极目探云霄,二妹乘船底火烧。
王母瑶池设桃宴,玉皇天外赐金袍。
太空解渴银河水,宫阙休闲喜鹊桥。
仙女重逢眼含泪,并肩揽腕共招摇。

病中呻吟

病榻频临医护友,相携试笔吐心仪。
寒风暴雪伤肌体,药液银针治病疾。
乳燕飞天灭虫害,愚夫脱口展襟期。
吊瓶滴水滋心脑,愈后安能佩嫁衣。

天使春牧

旭日晨曦透密林,扬鞭出寨展白云。
柳眉杏眼桃花面,玉指霓裳放牧人。
嫩草新牙增母乳,群羊散马悦民心。
溪流汩汩歌喉亮,一代村姑笑仲昆。

夜阑物不静

下榻茅屋侧耳听,风拂门牖天籁鸣。
月明青天穿云渡,身暖棉衾望雨倾。
肥鼠粮仓吞稻谷,健牛槽厩嚼草茎。
星河光射蟾宫女,溪畔频闻鼓浪声。

楼厢丁香树

路侧追梅早踏春,孤芳屈指作花神。
风吹残雪千云紫,日化坚冰万缕馨。
不与鹅黄争倩影,愿同寒绿比香魂。
蜂蝶翻舞贪甘蜜,览客折枝沁肺心。

省亲重返六道沟镇

重返云林六道沟,船行峡谷戏翔鸥。
情牵屏蔽江皋近,目睹平川稻浪遒。
放眼穿峡人入梦,归心似箭客昂头。
长居故旧平生愿,颐养天年度晚秋。

换岁杂感

金马远去喜迎羊,云涌山川岭换装。
寒绿成茵坪可啃,鹅黄滴翠眉自扬。
绒毛织锦千家暖,奶酪迎宾众口香。
莫让温良受欺侮,头顶双角灭豺狼。

瘦石三卷咏

天籁飞英腕底风,逝川流水浪萦情。
云霞弥漫拂绝顶,翰墨翻腾涌涧峰。
腹纳崚嶒千寻壁,胸怀禹甸百壶冰。
满腔碧血诗三卷,弟子征程引路旌。

登鹰峰感赋

跃上鹰崖惹鸟飞,漫天炫目粲然辉。
林荫国道城乡系,山麓禾畴沃土维。
汗漫茫原驰骏马,斑斓枫炬炙秋眉。
凝眸入望棋盘稻,惬意升华块垒摧。

端午郊园晨景

攒动人头笑语喧,葫芦艾草各争鲜。
姑娘疯抢荷色串,老妪深思酒菜单。
布谷声中蝶起舞,米粽摊前口流涎。
客来车往笛催去,日沐桃源露化烟。

老屯新貌

群山环抱水流田,甘雨惠民畴土暄。
池映红颜苗入鉴,鞭挥绿野骏驰川。
汀旁远客擎机录,路侧高灯电缆牵。
莫问有无三角债,琼楼典雅解疑团。

登山吟

驱车代步绕山梁,鸟唱林歌绿满窗。
树入双眸擦脸过,蜂汲千蕊将蜜尝。
馨风拭面群心爽,溪水流峡百鸟翔。
壮景留足机写意,登峰振臂沐朝阳。

村姑插秧景

漫步林荫露濡襟，朝暾谢暮献温馨。
一年几度群芳艳，四季三时大浪深。
布谷传声迎美女，丁香滴翠献春心。
插秧碧玉弯腰笑，目送秋波唤知音。

长白山天池

云浸瑶池火口烧，晓珠化雪雾飘飘。
波光会意激情注，瀑雨舒心块垒消。
天壤人间同览秀，蓬莱仙境任逍遥。
涛声怒吼三江啸，入海扬波气浪高。

西山灵隐寺

俗人崇仰雾中庵，雄殿辉煌映百川。
林海滔天旋丽鸟，香烟拂岭隐佛龛。
荷光粉面观音梦，山色青容施主颜。
禅语潜心钟喝彩，虔诚许诺愿在先。

山间小溪

湍流百转唱清幽，碧水环峰澍雨酬。
声似藤条弹谷乐，貌如玉带荡芳洲。
林深角鹿甘泉吮，浪娱名潭待客游。
忽见山花滴颢露，引得墨客笑回眸。

酒中吐真情

瘦石设宴最萦情，受宠诗徒感慨生。
口入珍馐香肺腑，目观尊宿亮辰星。
疵瑕璞砾千回砺，雏燕长空万里征。
洌酒浓茶杯四溢，名言始悟月华明。

辛卯初度

于妻对面默深思，对镜心惊偶感痴。
意笃争雄曾奔命，情臻觅趣晚习诗。
心仪多事无暇顾，霜鬓疏丝有所依。
老眼昏花凝盛世，炎凉过重好人稀。

鸭绿江畔遇同窗（一）

边陲邂逅吐衷肠，故旧言情泪洒乡。
舟舸穿波迷涩眼，鹳鸽握手暖心房。
青皋倒立同窗影，碧浪飞濡共鬓霜。
老酒童心驱块垒，乡音浓重话沧桑。

鸭绿江畔遇同窗（二）

边城把酒任疏狂，醉了邻邦醉了江。
点浪银鸥戏宾客，分波快艇拓心房。
香风凝意杯双盏，热泪流情涕四行。
绮梦云程成泡影，重温故旧伴夕阳。

鄱阳湖

彭泽湖畔好观光，淡水殷实稻谷乡。
候鸟栖身频往返，时鱼泛浪任倘徉。
石钟神韵穴生籁，锁钥江魂浪溅舱。
多事之秋必争处，烟波浩渺入长江。

滕王阁三首（一）

鄱阳游罢步匆忙，接踵成行奔豫章。
意笃王阁观二洞，情钟文笔慕三王。
古城紫陌新风蔚，华夏名楼古墨香。
光闪镜头疯照像，景深人小亦流芳。

滕王阁三首（二）

豫章览胜景盈怀，赣水环阁墨客来。
寒绿西山群鹤唉，姚黄南浦百花开。
垂涎三尺洪都酒，记序千篇妙笔才。
几度沧桑圆鹤梦，承平阁苑永离衰。

滕王阁三首（三）

情寄阁楼意境奇，凭栏远望傲云泥。
蜂蝶至浦寻花舞，鸾鹤飞山展翅啼。
初建当年栖王子，翻修今日游布衣。
求知问墨图书馆，中外嘉宾不散席。

梦圆滕王阁

怀古追源走四方,寻贤问墨意柔肠。
心圆帝子滕王梦,情寄方家序记章。
典史经籍灵气在,唐诗宋赋韵声扬。
求才索雅名楼阙,景美廊幽盛气彰。

春至山乡

缕缕朝昕透碧梁,帮腔布谷唤群芳。
冰溶涧底溪流畅,雪化畴平陌垄香。
燕唳低空云喝彩,机耕甦土水插秧。
四时伟绩春为首,再展宏图赖雨帮。

交警吟

车水分流络绎行,人群驻走红绿灯。
街台直立风华貌,斑线搀扶老弱丁。
何惧寒冬白雪骤,欣由酷暑烈阳蒸。
通衢顺畅官民愿,交岗青松四季情。

端午采风长寿山

攀援路侧采蒿芽,头顶卿云脚下崖。
鸟咏离骚云雪涕,溪吟天问水扬花。
手拂龟甲人增寿,背倚仙翁木挂纱。
伫候峰巅问天下,情牵屈子话磨牙。

七十自寿

人生七秩古来稀,后裔传薪血脉集。
五女下凡临好婿,四男立事遇贤妻。
子苏茉莉遮荫伞,头燕喧屉弟妹旗。
堪此红枫擎火炬,恰似东海泛涟漪。

凌晓看北京

夜幕初开紫禁城,华灯化作启明星。
石桥金水潺潺涌,广场国旗冉冉升。
十里长街驰宝马,百年碑柱祭英灵。
龙人凌晓朝暾沐,千古皇都万缕情。

退休示儿

困惫劳辛恰六旬，云程已尽悟烟云。
一身正气先行魄，两袖清风贵胄魂。
生不屈膝求富贵，死何含泪怨清贫。
不因坎坷从容度，谕示家人步后尘。

陶然亭一游

漫步京郊感物奇，参天松柏客云集。
车流接踵笛声脆，丽鸟婆娑草木萋。
水榭牵桥伫佳丽，凉亭投影皱涟漪。
潜心寻趣游紫陌，世外桃源笑解颐。

游颐和园

阆苑悠闲翠柳垂，湖光熠熠彩云堆。
婵娟振臂分波泳，朱雀呢喃掠浪翚。
石舫无声寻浪漫，金牛欲睡忆慈悲。
扬眉驻跸依稀影，把酒临风远是非。

夜游昆明湖

昆明湖畔做嘉宾,景物朦胧月洒银。
阁上灯明千点火,廊中彩暗一群人。
芙蓉合目形似睡,石舫凝波魄有魂。
驻跸行宫无贵胄,承蒙先帝寄龙孙。

新村面貌

流泉瓢舀沏凉茶,柳傍门亭院养花。
屡见上峰刀剪彩,重逢老友话磨牙。
庶民腰鼓休狂妄,骚客毫俗太肉麻。
古训传承诚诫告,贫民裕后少奢华。

黑山白雪(一)

层峦叠嶂六出扬,万木萧森魄更昂。
松佩银冠擎万岭,花培黑土蕴群芳。
棚蔬泛绿迎千客,泉水湍溪润百乡。
野味山珍人忘返,推杯换盏暖心肠。

黑山白雪（二）

琼花乱撒朔风狂，汗漫长林瑞气扬。
壑满畴平凇挂木，土肥林瘦雪蒙房。
雉鸡瘪腹何关药，野兔空肠畏惧枪。
人聚华厅醪取暖，金歌伴舞笑飞觞。

黑山白雪（三）

天鹅散羽絮飞扬，凌缀山川树换装。
远客临门呈笑脸，甜姑对镜试霓裳。
玻璃窗上霜花绽，花卉盆中蓓蕾张。
马放南山车入库，腊八将至宰猪羊。

乙未上元夜

人头攒动古城行，社火充街雪映灯。
达旦通宵爆竹响，五更彻夜焰花腾。
祖孙品味同吃酒，姑嫂猜谜共赏灯。
桌摆佳肴金樽举，千家万户贺年丰。

辛卯端午游郊园（一）

昕光破晓亮山涯，城水相依感物华。
湖畔人食香米粽，林荫指剪艾蒿芽。
才男靓女风流客，紫燕黄花雀跃娃。
屈子生前先到此，忠魂何必伴鱼虾。

辛卯端午游郊园（二）

暾光四溢暖桑麻，畴水环城燕到家。
轩榭文人挥翰墨，凉亭食客品醪茶。
精英剑客蹁跹女，荷叶章台响鼓蛙。
览客重温屈子赋，离骚天问速升华。

辛卯端午游郊园（三）

凌晓荷池景有别，端阳破雾暖山河。
水凉心热芳菲酾，叶茂情深感慨多。
潋滟托舟风料峭，婵娟采艾柳婆娑。
世人切齿怀王帝，天问离骚入汨罗。

端午咏屈子

端午郊园致有别，熏风化雨润菱荷。
露滴芳草蚊虫少，叶茂林荫览客多。
绿水清波风料峭，新城古韵鸟婆娑。
后人不念怀王帝，骄子为何陨汨罗。

耆人叹黄昏

崦嵫烈火炼金丹，远看天涯泛紫烟。
笑脸环霞合沓彩，夕曛抹岭染重峦。
妪翁珍爱黄昏景，侪侣尤惜夜幕缠。
日月沉浮形似恋，追逐万古未团圆。

雪吞五岳之尊

拾阶怯步履薄冰，脚下深渊雾气腾。
字壁留言千古韵，苍松恭请五洲朋。
驻足皇顶凝齐鲁，骋目晓珠升碧瀛。
五岳独尊众山小，天人造化共勃兴。

澍雨润芳洲

甘霖滴沥坝全收，扬絮流川水润畴。
春夏飘潇滋五谷，凌霜坠落稔三秋。
蓝天晴霁花结果，绿树山幽鸟唱酬。
屏壁河堤威力显，精神抖擞护芳洲。

点赞苏城诗社重阳笔会

苏城杏坛创先河，敢问东荒有几多。
翁妪云集才荟萃，风情墨洒世和谐。
秋菊托起重阳梦，荬酒飘来古韵歌。
蓬荜生辉馨万缕，心同诗社竟婆娑。

白衣天使长白山（一）

银冠绿发瀑披肩，池酿琼浆醉海天。
峭壁怀中国界线，霞云岭上玉池渊。
参茸治病身心健，草药扶伤骨肉坚。
两岸同喝一江水，藏龙卧虎胜桃源。

白衣天使长白山（二）

白头绿发美人颜，火口岩峰澍雨潭。
雪絮长飘五彩岭，松涛摇曳银首山。
参茸行善情人愿，仙草笃行福祉兼。
涧谷峡川甘乳涌，流芳千古寿延年。

九日登峰偶成

峻峭攀援未见愁，物华刮目立峰头。
千菊烂熳枫红叶，万木萧条日暖秋。
林海兴衰五云艳，诗槎跌宕六合游。
千枝竞秀耆年梦，国粹传承欲可求。

清明祭亡妻

驱车东岭祭贤妻，子女屈膝热泪滴。
悲泣吞声思故母，潸然寄语谢新姨。
蜡炷燃芯呈灯盏，蚕茧缫丝做布衣。
冥币成灰风卷去，春风料峭草凄凄。

为贤妻六六华诞而作

三娘教子四十秋,温良恭俭孺子牛。
缕缕香烟腾祖脉,萋萋桃李郁芳洲。
蜡炷流泪童心亮,蚕茧缫丝鹤发稠。
功在恩泽天地厚,家丁兴旺无所求。

六道沟镇省亲

边陲风月使陶然,犹入迷宫美幻兼。
朝起临江观绿水,夜眠卧榻枕白山。
蘅皋作客桃源醉,游子回乡鹤梦圆。
踏浪扬帆寻父老,亲邻相抱泪湿肩。

先苦后甜于是说

身心健在忆红颜,梦里温存醒后寒。
富庶不沾贤淑女,贫穷自愧苦儿男。
重阳回首恩泽现,黉夜凝眸稚子全。
今世无缘诚效命,来生换位做丫鬟。

师弟医院探望有感

病榻飘来五缕风，颉颃师弟探昆兄。
芸窗虎子银元递，杏苑花枝翰墨融。
字海骈肩坚砥柱，诗潮泛浪展雄风。
传承国粹宏图展，大纛高扬古韵訇。

足下驿马山

鹰喙衔峰绿泛烟，趁高鸟瞰动心弦。
巉岩托塔空中剑，雄殿怀松世外天。
风卷田畴岚障眼，人攀险径叶摩肩。
灵台排闼生花境，林海掀涛昊壤喧。

贺省地震局刘丹退休

清风两袖誉流丹，默契同仁一线牵。
预案含情黎庶愿，会商笃爱九州兼。
防灾心系苍生运，抗震胸怀血脉缘。
熟影冰城常入梦，功成名就尚留连。

燕归来

抢风饮雾展奇才，跨岭穿峡倦可猜。
比翼飞天同振臂，兼窠入宿共抒怀。
新邻邂逅应为喜，老友暌违莫论哀。
千里迢迢频往返，亲朋恭候早归来。

四月初登驿马山

凌空顿觉寸心宽，雾绕鹰峰矗鸟喧。
眼望层峦一片海，身依高塔九重天。
凭栏大殿观香火，俯首陵河举钓竿。
驿马奔驰情未尽，春风料峭意尤酣。

挚友迎春

契友重逢分外亲，红梅染雪遇知音。
长空云里花千朵，深坳怀中火一盆。
五瓣溶茶七窍媚，六出酿酒百坛醇。
落英杨絮初春后，洒下情缘万古吟。

登文治门看苏城

谯门隅立映城壕,依水凌云峙北郊。
画栋雕梁呈古韵,悬灯挂彩现新潮。
垂髫拍手花镶路,蓑笠擎竿柳荡绦。
翘首凝眸品古郡,楼盘吊塔展风骚。

登驼峰鸟瞰林海

骑鞍凝碧海喧嚣,迢递层峦栉比高。
骋目云岚拂翠岭,振翮鹰鹞骜青霄。
龙泉走墨山峡啸,林杪挥毫气韵飘。
身立长空风洗礼,提缰踹镫唱歌谣。

雪夜生情

风扶银屑六合呼,梦浅情深翰墨抒。
炉火燃煤升暖气,窗冰流汗润寒屋。
传薪充电甘为孺,立雪程门愿作徒。
推闼迎新毫待命,朝暾写意韵层出。

观雁南飞戏作

高风送客讨人怜，口唱骊歌弃锦川。
麻雀身微均胜冷，鸿鹄体硕不宜寒。
腾空塞北云程远，着陆江南热泪咸。
南北穿梭频往返，抚躬自问愧无颜。

逛早市见闻

凌晨早市人熙攘，沿路摊床摆宴席。
野味山蔬鲜显贵，村姑城嫂绿为奇。
篮中喷水花滴露，捆里藏秘菜裹泥。
买卖兴隆频侃价，黑心造假断商机。

浏览农家

铁栅无闩锁靠边，守门忠犬哑无言。
鱼缸澄水腮吸氧，电脑荧屏彩染轩。
树下耆年欢对弈，楼间幻仔笑开颜。
四时转换情无限，世外桃园一洞天。

感怀

旅途迢递奋前沿,屡做新衣久不穿。
春夏飞花繁胜火,秋冬落叶简如仙。
晨捧朝阳思瑕玉,暮邀明月侃高天。
陋室清宁敲响韵,籁声晓意入华篇。

求生远渡

曾记当年坐木舟,孤行千里母担忧。
江皋峙立藏灵鸟,逝水湍急送斗牛。
风冷衫薄阳取暖,心温骨瘦月添愁。
幸无荣辱瑕含玉,梦醒夕阳草木秋。

再访故乡

山乡岭下镜明幽,坡果禾烟一目收。
商贾名流拍胜景,田农子女上琼楼。
三农新策空前悦,五保老人无后忧。
宾客随俗共唱晚,翩跹入队舞红绸。

花甲偶成

解甲人生匿小楼,几经回首叹白头。
同僚合治一方印,共灶分捞半釜粥。
意泻书房云外霭,情翻墨海砚中泅。
天伦享尽积诗稿,吟咏山河乐唱酬。

秋夜初雪

风刮盐潲夜长鸣,赶路车飞絮扰灯。
寒树摇窠惊梦鸟,晶凌没膝踏坚冰。
五花林海连山隐,一色禾畴陌垄更。
霁后晨曦情欲醉,人歌机语旭阳腾。

梅

寒空飘雪似花吟,疏蕾镶枝缀秀身。
吐艳驱云情唤暮,开颜含露志迎昕。
华篇陷魄诗藏意,彩墨凝魂画溢馨。
怵冷无缘休入世,携风抖擞傲迎春。

登鹰嘴峰

足下山环灵隐寺,身高江北第一峰。
依稀古郡朦胧雨,真切新村散布星。
少壮无鞍鞭烈马,老耆有笔诵精灵。
凌空雅聚心神静,未悔霜欺鹤发生。

端午游长寿山森林公园

青峦滴翠椵花香,频遇蜂群采蜜忙。
足履巉岩强玉骨,泉滋嫩草壮羔羊。
千言陈述离骚怒,百虑质疑天问狂。
日下西山情忘我,飘髯寿老伴飞觞。

郊湖吟

馨风梳柳叶摇枝,颢露明荷烁瘦池。
浪吻轻舟花烂漫,烟涵连理影虚实。
四时漫步心留迹,五彩盈眸境蕴诗。
憧憬人生春永驻,情文苑里笔神驰。

五位诗友探病感赋

五缕馨香慰病翁,滴瓶晓意暖心胸。
同师旗下朋撞踵,共志途中友并踪。
沧海珍珠抛光玉,骚坛傲骨酿魂松。
鹬鸽龙凤携知己,展翅翔云舞昊空。

铧子山采风

诗友登峰鸟导航,足随阶板九回廊。
蛙吟细瀑蝶寻蜜,鹤唳澄池鹿跃荒。
寺座山崖人共赏,身依铧刃士高昂。
拨云排闼观尘世,浏酒珍馐避炎凉。

冬猎

朔风呼啸絮埋峡,虎口夺鲜味道佳。
飞犬追踪空过彩,横丝拦路雪流霞。
憨鸡脱壳人间菜,鬼兔出穴皿里花。
弱肉强食休道歉,珍馐下酒醉赢家。

学诗偶成

韶光疾逝晚习诗,榜上留名贵自知。
谷穗流香谦俯首,松针拥塔傲擎枝。
抒情言志敲平仄,立意谋篇笑得失。
红蜡发光心沥血,家蚕织锦愿留丝。

梦游黄鹤楼

云蒸黄鹤立蛇山,骋目凭栏眺远帆。
水上岚浮江渚岛,空间霞蔚汉阳关。
鹄矶振翅银光闪,骚客挥毫墨浪翻。
中外言谈听外语,路人合影乐陶然。

乘缆车登香山

两根电缆吊飞船,脚下栌枫百壑烟。
久盼登山成正果,初行过客亦为仙。
短裙秀发扬风貌,相机长焦录景观。
悬车似辇从容跨,有惊无险逛高天。

台灯

屈膝顶冕目投光，长夜无声扮慧娘。
俯首群芳收眼底，凝神万象亮书房。
龙蛇飞舞新风爽，瀑墨喧阗古韵香。
休憩除非君卧榻，含情不露侍文郎。

山乡留影

山花烂漫草葳蕤，碧染流云恰燕翚。
姑嫂荷锄随链去，工蜂携粉入巢归。
禾波浩渺机冲浪，嫩柳婆娑露颦眉。
天赐盎然心弄巧，光圈排闼纳春辉。

中秋月不明

流云拭镜月朦胧，霾隙精灵眨眼睛。
偶见常羲扶桂影，犹闻玉兔捣石声。
清词丽句难达意，陈墨新珠却了情。
挥饼擎觞邀故友，嫦娥赐酒满城灯。

谢师吟

更残月远伴孤灯，秉笔凝眸感悟生。
岁近古稀情未老，树活叶嫩气云蒸。
京城殿上吟留迹，诗萃怀中墨赋声。
有幸良师德赐玉，瘦石清韵染红枫。

临江乘船夜渡丹东

空悬皓月引航灯，仰望狭天半昊星。
客上油轮沉半壁，笛穿夜幕告全程。
飞峡冲浪江皋闪，流水回旋碧浪腾。
欲卜朝暾何壮美，一团圣火跃沧溟。

得师冒雨送书感赋

掩襟冒雨笑颜开，欲得稀琛暖我怀。
诗萃扬声凭主帅，文坛获誉立高台。
解疑释惑凝三卷，灌顶醍醐释九垓。
桃李成林花孕果，贤达墨客慕名来。

喜看名家水墨丹青

纵横潇洒翰锋狂,垂瀑高崖涧谷扬。
摇橹孤翁舟不渡,猎鹰炯目翼将张。
点花有色香出墨,流水无声浪溅浜。
云外天白留字迹,停毫落印见风光。

秋日郊湖写生感赋

翁寻乐趣坐湖汀,背后传来嘲笑声。
你我不如同互勉,雅俗何必共相争。
目凝莲子涂情墨,山浸平波看彩峰。
笃信人生秋最美,霜风洗礼气云蒸。

辛卯端午赴瘦石宴

喜获肥鱼帅动心,召来贴已犒三军。
双鲢骨肉馐八道,共志朋俦酒六巡。
宿望传言徒几位,传薪讲座器成群。
屠龙深邃扶疏旺,留取醍醐仔细温。

荷仙梦

萍踪宫女下天堂，疑是瑶池巧扮妆。
阆苑犹滴胭粉雨，蓬莱欲溢藕花香。
尘氛淡荡生莲子，汗漫伶俜想做娘。
紫陌扶疏驱块垒，怀春何必觅他乡。

读夜

依窗凝伫月开心，路静车稀鸟养神。
暗柳萧骚听万籁，清风淡荡洗千辛。
流光闪烁襟期畅，往事沉浮夜幕吞。
星渺云赊情未尽，埘鸡高唱唤朝暾。

回屯感赋

村头老柳最关情，千手挥绦颢露倾。
路侧高灯明肺腑，林中小鸟绕楼亭。
千畦稻浪飞青野，四季清泉映碧峰。
伫候车前疑故里，心存回报未成行。

夜静心未宁

孤对台灯影不移,搜肠刮肚似猜谜。
浓茶醒目烟熏指,冽酒提神典释疑。
水浅珠残何达意,情深心切欲出集。
严师赐教声含气,蚕茧缫丝做嫁衣。

登滕王阁感赋

作客名阁寻雅兴,飞觞问墨醉云泥。
蛱蝶南浦追芳舞,鸾鹤西山比翼啼。
初建当年栖王子,重修今日游布衣。
求知首选图书馆,览秀嘉宾举像机。

宵夜步行街

灯明车远路喧嚣,荤素登台串烤烧。
手举盘端星眨眼,烟熏火燎味冲霄。
月游碧落思归宿,人涌长街忘返巢。
黉夜阑珊情未尽,驱车打道再逍遥。

今日黄河畔

群山环抱巨龙奔,卷土携沙碧海吞。
昔日猖狂留恨迹,今朝咆哮唱福音。
鸿猷两岸功垂史,建缮长堤祸断痕。
放眼承平金水畔,千秋血泪化祥云。

老屯新貌

客来车往路绵延,楼舍藤篱院落宽。
截水养鱼坪牧马,扩畦种稻鸟鸣川。
手机电脑谈协议,屏幕键盘签订单。
地老人新村巨变,三农政惠日中天。

红军战马

缨盔遐举踏夷幡,鼓角铮鸣震昊天。
振鬣冲锋蹄蹈火,披坚陷阵口喷烟。
挥旗亮剑英雄去,沥血生花领地还。
威伴长城昌九域,嘶空傲啸镇河山。

长征颂

旗扬镰斧启明星,火种燎原四海惊。
草地沼泽留血迹,雪山铁索展雄鹰。
朱毛泥腿龙人立,美蒋强梁纸虎倾。
血染红旗承伟业,炎黄儿女续长征。

长白山天池吟

云冠美女瀑披肩,釜酿琼浆举世酣。
雪梦山魂分水岭,松声浪魄撼皋巅。
参茸延寿芳菲舞,鸥燕争雄汉鲜翩。
对镜吟哦情溢酒,三江甘乳化银元。

登凤凰山偶成

慕名沓至伫凝冈,块垒随风趣未央。
水澈山高曲桦显,花明松矮杜鹃彰。
千畦泛浪无暇顾,六瀑斟杯作酒尝。
阆苑空中凰凤舞,五香稻米誉流芳。

示儿

乌兔穿梭伴六旬，庙堂掌印少纹银。
为官任重全民富，卸甲身轻两袖贫。
生不折腰求殿下，逝何入土跪阎君。
子孙共悟石灰赋，诚勉传人步后尘。

重阳抒怀

少小求知水陆行，从师奔命踏云程。
世曹六秩机难遇，文苑七旬器晚成。
枯木扶疏五花梦，耆年簇锦六合情。
重阳把酒凭峰饮，古韵新声后裔赓。

九日看山

霜凋草木日慈悲，锦叶香尘幻化归。
丽鸟低回寻剩谷，华衣紧裹觅罗帷。
朔风暴雪金菊绽，瘦岭狂枫火炬挥。
夕照秋眉生紫气，重阳荑酒暖心扉。

重阳读山

层峦叠嶂闪金辉，叶伴香尘固土培。
野鸟低回田觅谷，家人团聚酒贪杯。
山松冷傲金菊绽，林杪斑驳火炬挥。
光暖秋眉天意旨，儒生妙笔绘龙威。

晨望大庆市滨洲湖

云台极目晓初晴，霞镀楼林柳立汀。
水鸟振翮波耀眼，俊哥牵手妹含情。
明湖堤岸横宝马，铁板兰舟放猎鹰。
燃气长征传火种，盛名天下远沧瀛。

耆年新生

青衿往事懒重温，梦碎征程怨早春。
常寄炎凉以白眼，时将世态染红心。
灵台排闷风情酽，杏苑飞花翰墨臻。
汗漫云泥飘古韵，诗潮骇浪洗凡尘。

午游黎明湖

一泓碧水拱桥横，叠浪惊心忐忑登。
览胜文人贪古色，观光俗客恋凉亭。
凭栏照相风情永，把酒吟诗意味赓。
燕剪狂波逐快艇，金歌伴舞唱油城。

愚者自慰

温饱蜗居六欲丰，吟哦伴我度余生。
一方热土飘唐韵，四宝寒斋荡宋声。
书法传情留翰迹，诗毫洒墨恋丹青。
六合灵境拙人梦，振臂高歌昊壤风。

重登故乡长白山

仰望奇峰异彩浓，攀援不借绳索功。
白山一座五云绕，绿水三江四海通。
卧虎出穴飞作霸，游龙泛浪啸称雄。
扶摇直上航天客，穿透红霞探太空。

驿马山新咏

春风播雨鹰嘴娇,铁塔穿云入望高。
驿马扬蹄通远古,少陵飞棹过璇桥。
香烟罩树观音笑,松柏参天鸟语豪。
碧海掀涛拥县邑,传承神话变歌谣。

拙者心声

诗书博览度深秋,欲绾韶光腕底求。
枯木成柴煮茶卵,清才洒墨作珍馐。
豪情一剑孤峰韧,壮志宏图四海遒。
飞与观光不成旅,万般无奈寻导游。

古稀自诩

疏发皤然铁骨铮,一腔碧血五云兴。
逢春枯木甘霖润,辞夏秋枫火炬擎。
豪举吟帆锋破浪,墨出端砚卷抒情。
何言老朽时将尽,有道干柴烈火赓。

白山天池

银杯玉液醉崚嶒，百瀑三江万涧鸣。
风雨潇潇砺屏蔽，浪涛汩汩涌边城。
兽王逐鹿青龙舞，芳草藏参丽鸟腾。
五岳名山何曾有，天池造化世人惊。

苏城重阳诗会

老人新墨又同泼，敢问东荒有几多。
翁妪云集情荟萃，霜风纷至意融合。
香菊熏醒青阳梦，萸酒流出国粹歌。
蓬荜增辉馨万缕，文坛鹤立拓先河。

重阳节晚宴

重阳萸酒味香极，子女成人我古稀。
笑语含情凝继母，心声晓意愧前妻。
蜡烛流泪驱寒火，蚕茧缫丝保暖衣。
宴后兴余人未散，童谣歌赋语新奇。

回访第一故乡

边陲风月境幡然，犹入迷宫画苑间。
朝起临江观绿水，夜来卧榻枕白山。
蘅皋作客霞云蔚，犬子回乡鹤梦圆。
脑海扬帆心坦荡，亲邻相会散云烟。

重阳寄亡妻

七旬健在意缠绵，梦里温存醒后寒。
荑酒不酹贤淑女，口碑尤愧布衣男。
重阳回首香尘苦，黉夜合衾子女酣。
今世无缘诚效命，来生换位做丫鬟。

农民工回乡难

身揣三证闯天涯，辞内欢颜骗稚娃。
城建楼阁凭汗水，家居父母靠桑麻。
心思公款何堪借，胆怯私钱不敢花。
一票难求实在苦，呼天抹泪问官衙。

端午祭屈子

端午佳节浪泛江，苍生投粽慰忠良。
离骚百咏传华夏，天问千言怨帝王。
艾草生烟驱疫患，葫芦亮彩撰兰章。
山南漠北群情愤，后裔官民恸断肠。

夜雨农家乐

夜雨濛濛看不清，只闻窗外似风声。
卷帘拭目凝神望，闪电撕心震耳鸣。
壮胆妻儿衾匿首，披衣父母手开灯。
禾田干涸思甘澍，热酒良宵醉五更。

重步黑山老爷岭

仕途卸甲换着装，重渡林荫踏岫梁。
老店烤鸭添野味，酒泉涌浪赐琼浆。
枝衔红果酸甜脆，花绽青柯浓淡香。
料峭山风添雅韵，群芳带雨润诗行。

鸿归南方吟

仰观碧落雁翱翔,儿女成行尽赏光。
两撇如君离塞北,一横似箭射南疆。
龙江黑土情难却,湖水澄池浪自伤。
沐雨栉风心两处,阳春三月再回航。

乘机南飞

展翅凌空翀碧落,目穿云海赏丹青。
人群憧憬天涯舞,胜境空灵海角横。
舒袖嫦娥广寒舞,抖翎鸿雁五洲行。
鲲鹏一线穿霄汉,入港神游紫禁城。

庄户人家

溪流叠坝护村山,环抱群楼水润田。
红日含情云有笑,绿荫送爽事无牵。
弈棋觅趣垂纶钓,打字聊天伴友谈。
闲卧香床思美梦,订单发货网中签。

抒怀

天庭霜降染秋枫，宫阙嫦娥漫洒星。
身倦肚明孤秉笔，目昏胸畅全靠灯。
脱盔下马迎乡里，上阵挥毫踏岫峰。
最是烟云挥不尽，心平气傲墨留声。

吟萧红

家愁国难伴征程，河畔呼兰冷气腥。
妙笔生花迎挚友，巾帼弄墨染青松。
半生恩怨名星陨，一缕英魂上太空。
碧玉黄泉风洗面，阎王喝彩掌声訇。

登峰寄语

凌空顿觉寸心宽，脚下深峡百鸟喧。
眼望群山一片海，身依高塔两重天。
扬眉广宇云流彩，把酒河汀叟试竿。
彤日山吞霞四射，巅峰泼墨意尤酣。

登龙塔感赋

光透明牖伴云游,极目横桥渡彩舟。
脚下车流笛韵亮,空中霞蔚彩雯稠。
餐厅旋转迎宫阙,碧玉鞠躬谒客俦。
画语丹青声盖世,胸心纳海傲全球。

情寄渝关

趁高眺远角山横,铁壁铜墙气永腾。
卧虎云中凝霸气,飞龙岭上吐豪情。
炎黄大任千夫继,华夏鸿图万子承。
烽火狼烟空犹在,讴歌壮韵化长风。

长城吟

龙翻苍岭甲摩天,虎眺烽台嘉峪端。
身贯祁连横万险,气吞渤海镇边关。
硝烟携血凌霄汉,战马扬蹄蹈寇幡。
要塞如今花灿烂,城头上下舞翩跹。

夕阳放舟

天地无垠海备馐,碧涛快艇醉宾俦。
空瓢舀水瓶装酒,弯月烹鱼手做瓯。
浪溅花衫裙漫舞,客随橹棹赋长讴。
烟波浩渺风贯耳,不到天涯誓不休。

今日榆关

慕名将至路难行,海阔山青世靖宁。
碧浪翻鲸船撒网,雉垛嵌岭嶂环屏。
龙头长啸声偕乐,海燕讴歌唳卷风。
荟萃人文绝妙处,远来行者会读经。

驼峰单骑

高岩骈俪雾溟蒙,遐寿云天不惧风。
泉汩流溪洗腐土,岚浮幽谷韫生灵。
层峦叠浪沧瀛韵,百兽协音万籁声。
极目群山收眼底,提缰踹镫越千峰。

西郊公园

西郊湖畔看飞舟，借取青莲万象筹。
欸乃排开鱼水闼，唉声驱散彩云头。
柳绦摇曳朦胧画，亭榭牵连错落楼。
花伞荫遮花季女，骚人秉笔古风稠。

酒后

贪妄杯酒度良宵，举步蹒跚两脚飘。
口吐珍馐多酒气，风携醉话欠风骚。
灯明窗下足跟犬，身卧床中口吻瓢。
泪下双行人渐醒，狂言警句待推敲。

登山海关长城

拔云聘目海山迎，迥异峰重险立屏。
虎踞蓝天呈霸气，龙腾碧海展雄风。
和谐大任英灵续，富丽小康贵胄承。
弱肉强食烟四起，操觚警世惕夷更。

农家饭

野味山珍酒肉香,鸡鱼盛盘菜装筐。
小葱鲜蛋辣椒酱,大蒜豆汁甩袖汤。
山采公英甘苦菜,家栽山药马苓汤。
嘉蔬普有原生态,一顿家宴百日香。

山乡留影

山花烂熳草葳蕤,紫染流云恰燕翚。
姑嫂荷锄随链去,工蜂衔粉入巢归。
禾波浩渺机冲浪,垂柳婆娑露颢眉。
天赐盎然心异巧,光圈排闼纳春辉。

入冬大雪

无事飘洒霾藏月,夜静禽眠树掩纱。
万类奇葩魂入梦,百科野兽迹穿峡。
琼花润土瑶池液,黎庶移杯茉莉茶。
细侃粮丰村致富,千巡不醉牧羊娃。

渡鸭绿江省亲

浪高路险荡皋边，仰望天云眼欲穿。
谈笑风生归故里，渔歌欸乃悦心田。
初迎老友华厅暖，偶见知音热泪咸。
更喜爷孙争电脑，匡时感慨叹流年。

采风

采风团队汗淋淋，欲上高坡累骨筋。
珠落流溪溶浪水，风掀鹤发展鱼纹。
耆年自信攀援劲，少女从容伫候亲。
对酒长吟堪一笑，白云拭面彩涂心。

乘船去丹东

空悬皓月引航灯，回望家乡百感生。
客上油轮沉半壁，笛穿夜幕告全城。
飞峡冲浪惊双界，流水迴肠搅五更。
欲卜朝暾何比美，一团金火跳沧溟。

暮年趣

暮年未改少年头,幸入诗坛壮志酬。
国粹传承弘伟业,新风浩荡赶潮流。
捞珠琢砾声方美,练字敲词韵更遒。
博古通今尊泰斗,华篇越海傲全球。

回乡偶成

山花稻浪舞含娇,蛙鼓风推踏拱桥。
故旧欣临寒风暖,亲人相伴热情高。
老屯新帅频备宴,乡土名流屡电邀。
岂料重归多醉酒,嵫崦喝彩夜赓聊。

嫦娥二号飞天

恒娥甩袖展风骚,箭射苍穹烈火烧。
王母瑶池含热泪,玉皇金殿摆蟠桃。
飞行渴饮银河水,拜访杯盛桂酿醪。
华夏精英迎点赞,长空会友月折腰。

耆老叹黄昏

山涯暮火练金丸,聘目秋眉彩化烟。
红日迎星人缱绻,翠微待月客流连。
妪翁赍恨夕曛淡,伴侣缠绵夜幕酣。
鹊若有情桥不撤,七夕故事渐失传。

路侧紫丁香

联袂追梅早莅春,紫气溶雪墒润根。
眼描路侧花生媚,光照云头蕊吐馨。
懒与群芳争体魄,愿同百草献灵魂。
歌赋千言少甘雨,古今骚客恰知音。

采蘑

雨霁云天闹湿林,叶稀蕈厚诱情人。
身出腐土菌撑伞,心切村姑锁坠门。
俯首凝眸双手敛,扬眉吐气漫山寻。
眼明指快择腴朵,口念情牵远近亲。

年夜饭

银花焰火夜天开，黑字偕红兆雪白。
糖果香茶汁满口，佳肴美酒馔充怀。
年节易过人常在，岁月流失梦未衰。
度日无方甘里去，生财有道苦中来。

贺嫦娥一号奔月

嫦娥乘舰伴银龙，故地重游返太空。
牢记国情寻奥秘，心怀民意探迷宫。
瑶池设宴蟠桃果，玉帝洗尘玉液盅。
旷世雄鹰天上绕，精英睿智洒苍穹。

夏游巴彦港

江水潺湲柳荡绦，舳舻航道浪涤礁。
银鸥迎客凌空唳，鲜鲤临勺慢火烧。
妙语推销冰镇酒，雄姿振臂手拂涛。
游民感慨麻丫爱，象吼公园势撼皋。

金秋

霜落茫原草木衰,风梳苍岭五花开。
柞枫幻化枝摇炬,稻谷翻腾穗撞怀。
铁马高歌缘垅去,仓囷储籽待春来。
四时转换催人进,丰稔田园任剪裁。

果园迎春

蜂拥蝶舞绕枝桠,沁肺充怀叶捧花。
萼裹翠珠伸嫩蕊,风摇翡玉展红霞。
仙姑看蕾双唇吻,皤叟衔烟百感发。
园内飘香墙外溢,奇葩万朵馥无涯。

雨中贪钓

阴霾密布客离移,燕猎蚊虫叟受欺。
珠落田畴滋稻谷,风掀斗笠泛涟漪。
垂纶美味鱼环绕,手握钓竿目不移。
篓满童心真过瘾,声高胸挺唤荆妻。

森调队

蓝图绘制走山涯，卡尺罗盘做大拿。
冷炙湿存馍入腹，寒风凛冽汗流颊。
优留难免须精减，劣汰无成必简伐。
囊括森情林永续，宏猷再展梦升华。

驿马山

松花江北第一峰，塔峙巉岩刺碧空。
水土千方掀稻浪，芳菲万种展花容。
云楼古刹七情酽，故土新民六欲浓。
葱郁芬芳环县邑，天人造就四时风。

中秋盼月圆

更残杯冷不开颜，妒忌恒娥伴兔欢。
向往城郭打工仔，徘徊寒舍半边天。
相思无奈亲人聚，期盼有情缺月圆。
酥饼一枚分两瓣，远方来电共婵娟。

重阳晚宴

家庭晚宴吐心仪,乳燕回巢爪捧泥。
目语出心尊厚母,口碑偕酒敬贤妻。
蜡烛流泪光燃芯,蚕茧缫丝线做衣。
达旦通宵呈孝道,欢歌笑语慰襟期。

题赵氏家族全家福

家丁团聚展威仪,父母堂前靓仔侬。
五女犹凤迎快婿,四儿若骏遇良妻。
贤孙次第枝繁茂,嘉木扶疏叶脉奇。
魂荡东山云再起,龙腾凤舞傲云泥。

中秋月不明

流云试镜月朦胧,霾隙精灵眨眼睛。
偶见常羲扶桂影,犹闻玉兔捣石声。
清词丽句难达意,古韵新风献盛情。
挥饼擎觞请天女,蟾宫赐酒满城灯。

七秩自寿

人生七秩今不稀，长假休眠未到期。
天女下凡迎才俊，娇儿立世展威仪。
苏华秀丽贤良母，涵雁朝辉弟妹梯。
繁衍生息人鼎盛，传承孝道老无疑。

习诗感悟

韶杰疾逝晚习诗，榜上留名愧自知。
谷穗流香谦俯首，松针绣塔傲擎枝。
言情构境凭俗雅，立意谋篇笑得失。
红蜡发光心沥血，春蚕织锦愿抽丝。

机插秧

漫步畦汀眼走神，朝暾笑脸洒温馨。
驾机少女舟播彩，入水青苗影动云。
花木昂头迎布谷，鱼鸭摆尾弄波纹。
鸟语经风人待见，一夜霜来万锭金。

洁身自好

金碧辉煌过眼云,染缸近我从未熏。
投机不取称君子,抬轿何堪作小人。
铁面无私真富庶,洁身自好伪清贫。
财源滚滚逐波去,世态炎凉待洗尘。

示儿

卸甲依归两袖贪,银元触手未曾伸。
敛财无道蛇吞象,滴水有恩犬守门。
欲壑难填虎张口,鹈鸰愿做情笃君。
群声诟病贪天鼠,身教言传寄子孙。

游渝关

几度云游万里行,唯独山海引共鸣。
老龙甩尾云拂脊,卧虎镇边水立屏。
姜女贞祠魂笼罩,秦垣忠骨血沉凝。
追根溯古凭谁者,无字长碑烁汗青。

悼生老

风歌雪韵尊宿魂，泣语哀声带泪痕。
老骥奋蹄离故土，诗痴秉笔撰雄文。
黄泉天路家山远，国粹胸怀海水深。
噩耗飞来心地痛，吟坛分手谊长存。

秋登峰

跋地登峰步未收，红枫尽染霜鬟头。
诗心开拓通衢路，嘉木玉成锦绣秋。
意笃山河千古景，情钟云壤一金瓯。
吟歌粗犷声嘹亮，翰墨勃兴壮九州。

应诗友邀请采风驿马山

汗流浃背落汤鸡，钢塔巉岩并友齐。
南眺白帆飘玉带，北瞻绿稻荡明畦。
轿车爬岭行程缓，银燕凌云冲浪疾。
酬酢同仁何待慢，诗情漾溢化祥祺。

老家日新月异

家乡几度聚和分,故地重游忆草根。
茅舍无痕成画苑,琼楼叠印傍林荫。
民生富庶书声朗,邻里和谐世态新。
有脚阳春生瑞气,欣逢甘雨化祥云。

乘火车过杨子荣墓地感赋

笛吼依窗瞩目张,英雄虎胆九州扬。
杨林成栋三军傲,松柏争荣万古昌。
匪气消失血还热,寒风凛冽心未凉。
石碑没有口碑久,勇士拼搏智靖邦。

驿马小山庄

依山傍水路连城,瓦舍林荫鸟动情。
十里方畦陈稻谷,千寻宝塔绘荧屏。
椿萱留守临甘雨,子女拼搏献赤诚。
脱却贫穷享福祉,改头换面梦方兴。

凤凰山上怪事多

凤凰山上采风游,重聚峰巅兀自求。
爬松矮汉埋幽径,曲桦佳人抢彩头。
空中花苑杜鹃艳,岭下畦田稻谷稠。
草木扶疏鸾不见,五常之信奈何收。

游洞庭(一)

湖无仙阙云壤牵,圣水瑶池信手拈。
浩浩泱泱骚客醉,葱葱郁郁世人酣。
巴陵胜状先贤诵,华夏风情后裔宣。
块垒已随排浪退,炎黄儿子心地宽。

游洞庭(二)

洞庭一鉴映情缘,楼影巴陵醉谪仙。
镂简惊心凭古墨,扶栏动魄望新篇。
沙鸥翔唳人潮涌,玉液提神口流涎。
览秀观光天下景,桃源入梦枕斑斓。

念故人

江南塞北几十春，山水婵媛两地心。
挚友骈肩情未了，亲仁诚告意长存。
鸿书电话双怀旧，岁月心声更恋今。
欲愿睽违人不老，余生坦荡步青云。

端午日杂咏

枝挑葫芦挂万门，避邪防疫退瘟神。
车飞古道登山去，鸟唳晴空坐轿临。
千秋端午思屈子，万古汨罗浸骨心。
绝唱离骚凝国粹，先贤后裔祭忠魂。

忆鸭绿江水

鸭绿江波誉九垓，飞流直下涧开怀。
一衣带水迎福祉，两岸邻邦做界牌。
排浪扬帆程坦荡，飞觞畅饮路合拍。
双赢互利瑶池液，甘乳奔腾永不衰。

榆天谯楼远眺

龙缠浩岳脊摩天，昂首凌云眺峪端。
身贯祁连牵万险，气吞渤海镇狂澜。
雄关湄立冲霄汉，销钥峰擎卧地砖。
榆邑古来频战事，谯楼远望靖无烟。

除夕钟声

时针合拢夜归零，华裔环球侧耳听。
钟鼓城楼传响韵，银河星斗涌洪峰。
长城万里山同舞，珠岭千寻雪共鸣。
焰火升空云欲碎，香尘落地巨龙腾。

上元夜

星辰闪耀月独高，枝烁珠光满树椒。
飞燕翀空云化雨，游人踏雪路成潮。
冰灯罩里燃烛芯，唢呐声中走彩娇。
锣鼓未停人正闹，拈来社火煮元宵。

雨中觅句

横雷纵雨步难停，浪涌长街趔趄行。
风坼乌云霾落魄，叶摇花朵苑飘英。
颦眉望木梢滴翠，闪电抛光景吐情。
有幸甘霖凝墨宝，潜移幻化小诗成。

山坡秋收景

金风摇曳谷未歪，枯叶牵柯立垅台。
戴镜秋翁躬背刈，披巾老妪弯月裁。
四时劳顿陪霜雨，朝暮艰辛获米柴。
地了秸光庐覆雪，椿萱尤盼子孙来。

盛夏乡魂

彤阳似火树遮荫，禾野青波涌老屯。
几片浮云风送爽，满田沃土谷飘馨。
水泥铺道花镶畔，鼓乐喧天扇动人。
春夏耕耘舒倦骨，秋实丰稔斗量金。

重返老黑山

车穿涧谷步入巅，紫椴招蜂采蜜欢。
旧地重游峰村座，新林叠起我为仙。
心牵老场思林海，情系亲邻念故园。
时跨纪元魂未散，话掏肺腑侃当年。

痴情夜

伏案依灯影子宽，深思苦撰夜阑珊。
摊笺靠椅圆陈梦，搦管行书落续篇。
百煅端池游墨海，千雕璞玉献吟坛。
朝暾东岭初露面，日月轮回苦也甜。

忙里偷闲

柔风细雨艳春来，卉绿葩红果树白。
蜂吮甘汁蝶伴舞，机耕沃土水彩排。
村姑旷野挖山菜，老汉麻坛垒债台。
赦人无事图淡雅，诗文并貌酒开斋。

蒙古包里度中秋

黄昏暗淡镜高悬，蒙汉全席大碗端。
荤素奶茶迎远客，红白洌酒敬婵娟。
肥羊酥饼和谐馔，北塞南疆友谊餐。
宵夜联欢情浪漫，琵琶唢呐奏和弦。

咏雪

灵光玉色暖寒冬，舞遍青山净昊空。
千顷平畴披厚被，万重苍岭缀青松。
风吹深坳满窗绿，俑嵌尖椒两点红。
天弑瘟神人寿久，地生瑞气九州同。

驿马山电视塔

光沐峰托碧宇间，巍峨屹立架赭岩。
身环粟海圆人梦，脚踏青峦影涅槃。
寺庙钟声传经曲，塔台音像话京言。
纵横万里天下事，画绘荧屏百姓欢。

晚钓

彤云碧水火烧园,翁钓荷潭守岸边。
瞩目擎竿风抚浪,游鱼望饵口流涎。
山吞烈日夕曛暗,光洒蟾宫夜幕悬。
陈酿红肠填空腹,良辰月下解忧烦。

料石

雷鸣岩溃落平川,别古寻新弃老山。
舍本求精凭锯断,粉身图固任炉燃。
轮飞载满离弦箭,楼起城高眺远天。
碎骨脱胎圆凤梦,青白还世献人间。

贺《落英集》问世

苏城托起状元星,喜鹊登枝腊梅红。
妙笔纵横枫落句,忠魂激荡魄成鹰。
涅槃精灵花畅笑,彩蝶飞舞九州兴。

乘船相遇昔时同仁

重逢感慨敞心扉,聚散悲欢酒一杯。
往事动情胸涌浪,友情含笑面生辉。
银鸥洗翅驱恩怨,碧水扬波泯是非。
回首人生仓促过,船泊渡口燕分飞。

北海公园即景

水环琼岛塔高拔,跨海长虹嵌彩霞。
亭榭轩间留过客,画廊侧畔渡流槎。
蓬莱岭上桐招凤,太液池中客赏花。
风雨园林留史迹,新香古色耀京华。

两方积水泛斑斓,杨柳霞云影倒含。
花绽堤前呈绰态,鹅逐翎尾续情缘。
闲仁坐岸图消遣,忙鹊登枝破靖安。
新景招来南北客,清风伴我上渔船。

秋野

层峦簇锦雁征鸣,五色长龙舞九重。
苍岭青松歇落叶,枝头丽鸟叹飘英。
铜铃响垅吟丰曲,金塔开裟诵富经。
花卉凋零修正果,涅槃鸾凤又重生。

退休后的生涯

夫妻对坐把话拉,目睹荧屏漫品茶。
午燠林中悠散步,晨凉架下爽观花。
雄鸡唤醒深眠鸟,老汉惊闻落蒂瓜。
荤素衣食草根味,心神淡定度生涯。

新村

机耕田垅土升华,绿瓦红墙院套家。
稻谷摇畦一片浪,林荫蓬路两厢花。
掌中对话寻愉悦,网上咨询看落差。
政惠三农黎庶裕,山乡现代务桑麻。

驿马山秋景

铁塔凌云帅水围,环峰坳里稻花飞。
雁消天际骊歌去,车轧石桥响箭追。
叶落偏坡松柏翠,桥横湍浪鲤鱼肥。
风霜雨雪轮番客,四季兴衰景壮威。

山中老人夜

金风寒气曳林梢,山暗窗明月渐高。
百鸟憩巢花卷蕾,群蛙击鼓树排箫。
柴门卧犬诚相守,米酒提神度夜宵。
老伴陪读翻旧报,夜长烛短泪燃烧。

冬雪

洁花纳翠锦连绵,杨桦红松嶂御寒。
野兔讨荒长耳立,雉鸡果腹弃尾钻。
云林瑞气丰年兆,碧落卿云万象悬。
雪域冰原时蕴绿,星移斗转四季鲜。

五花山

霜着翠岭镀茫原,水泻高崖向远川。
绚冕湮峰迷丽鸟,彩环饰壁诱天仙。
红枫白桦层林染,脆果香茹软枣甜。
锦绣山梁五云灿,金风化露尽开颜。

重踏林道

白绸飘带入林深，涧浪千声唤故人。
重辗旧辙寻古道，再听俚曲恭耳闻。
林间气爽花飞艳，叶隙光柔蕊溢馨。
松树参天翔俊鸟，依峰雀跃望来人。

清泉吟

雪裹群山水未眠，潺湲细浪壑生岚。
溶花洗玉追虹雾，恋兽迷人溯饮源。
十里冰河松固土，一池香乳旺香烟。
甘醇手捧开怀吮，欲伴流泉作酒仙。

耆年望天

夕曛一抹半边天，遥看崦嵫泛紫烟。
碧落云霞合沓彩，蟾宫粉黛口流涎。
妪翁尤爱黄昏灿，情侣珍惜夜幕淹。
乌兔缠绵情似恋，追逐万古未合欢。

岳阳楼气韵

鲁班一改阅军楼,风雨沧桑几度修。
榫木擎阁凌玉宇,雕梁画栋傍巴丘。
凭楼俯首舟浮浪,把酒飞觞目望鸥。
李杜弃疾诗韵荡,后人起舞放歌喉。

词

西江月·上元夜

灯火人流如海，烟花点缀青天，长龙彩扇舞翩跹，唢呐声声近远。

月有圆缺往返，日无逆转留连。人生恰似梦缠绵，难不为之长叹。

浣溪沙·咏牡丹

风采宜人美女妆，雍容华贵冠群芳。天资国色献奇香。
脉脉深情呈魏紫，睐睐众目羡姚黄，西施愧见苑中王。

鹧鸪天·咏骆驼

大漠云游苦作舟，徜徉枯海忍为鸥。千钧重担人得利，万里空肠草作酬。

风减负，汗消愁。日蒸沙打鞭子抽。朝夕变脸丝绸路。昂首扬蹄探亚欧。

鹧鸪天·郊园秧歌队

旗鼓冲天缓步来，蝶花逗扇诱荷开。一泓碧水随声涌，满面春风任彩排。

人作幕，甸为台，掌声伴舞汗涤腮。新歌一曲老来少，唢呐高音尽抒怀。

鹧鸪天·小憩秋山

独坐苔岩望四方，层峦幻化不寻常。高峰落叶浓浓彩，低谷流泉缕缕光。

林褪色，果怀香。风吹气馁荡俗腔。金秋愿做空旋鸟，喜看红唇吻羔羊。

破阵子·游山海关

山海胸怀坦荡，狮龙今古枭强。来者明眸心震撼，恁似从戎士气昂。壮游傲古墙。

撑伞依堞录像，弄文席地飞觞。烈酒狂吟云起舞，挥槊凌峰韵味长。讴歌九域昌。

西江月·重回山海关

　　山海争空斗浪、雄关再展龙颜，微风料峭爽凭垣，顿觉温馨拂面。

　　邂逅梦回年少，重归岁过中天。小名乳号劝余还，好客后生备宴。

破阵子·铧子山采风

　　翠裹三铧巨刃，依锋俯瞰江横，远客乡邻游览地，野兽山禽大本营。达河誉盛名。

　　人似天仙下界，涛如大海扬声。转瞬岚烟风卷去，速现层峦一片青。挥毫大阅兵。

鹧鸪天·苏城紫丁香

　　栉比琼楼紫气熏，不施粉黛亦撩魂，游人凝仁蜂蝶舞，飞燕低回览客吟。

　　姿烂漫，影温馨。笑容灿烂会嘉宾。春风淡荡奇香溢，美了城郭醉了心。

一剪梅·夜撰空肠

夤夜无眠懒卧床,伏案芸窗,洒墨心房。勿须作势少装腔,花草芬芳,声韵铿锵。

字海捞珠翰墨香,瑕玷抛光,落纸成行。腹声惊醒子他娘,白酒红肠,滋润空肠。

摊破浣溪沙·雨中云台望湖

栉比琼楼雨洗尘,一泓活水泛氤氲。云翳晨曦无一缕,欠温馨。

俯首渔舟人甩网,依阑楼客景撩魂,烟雾濛濛吞胜境,盼朝暾。

一剪梅·雅聚老人节

耆老云集酒肆间,步履蹒跚,茶墨潺湲。干枝竞秀势连天,情谊缠绵,岁月悠然。

把酒酡颜诵晚年。雅兴超前,气韵流丹。青春再现恰童颜,自喜沾沾,歌赋篇篇。

一剪梅·咏枫

<small>为喜获《秋枫诗文集》而作</small>

不舍时光一寸金。冒雪迎春，踏海传薪。篷庐汗水润枫林，墨染黄昏，意笃朝暾。

四卷诗文九域吟。丈蜀惊心，弟子欢欣。根深叶茂化情臻。火炬升温，何惧霜侵。

蝶恋花·抗日胜利69年悼叔父

拯救家国甘断首，驾鹤苍天，拜谒先贤友。报效归来吃好酒，雄鸡破晓龙狮吼。

血染战旗歼日寇，膏药失灵，英烈名无朽。正义驱邪昌九域，心碑无字情长久。

浪淘沙·地道战

倭寇祸中原，国难民艰。层连暗道巧周旋。杀勠豺狼除外患，重见家园。

华夏好儿男，气遏云天，妖魔进犯必全歼。地下长城赢挑衅，威震瀛寰。

一剪梅·红松

　　一自参天旷野中，拔地迎风，嗟鸟萍踪，虬枝捧塔问苍穹。金甲嫣红，彰显仪容。

　　伴雪欺霜傲挺胸，鹤立林丛，虎踞游龙。霸气实足善始终，四季葱茏，自古称雄。